水木丝语

徐莲华 著

江苏凤凰文艺出版社
JIANGSU PHOENIX LITERATURE AND ART PUBLISHING, LTD

图书在版编目（CIP）数据

水木丝语 / 徐莲华著 . — 南京：江苏凤凰文艺出版社，2018.9（2023.5 重印）

ISBN 978-7-5594-2713-7

Ⅰ . ①水… Ⅱ . ①徐… Ⅲ . ①散文集－中国－当代
Ⅳ . ① I267

中国版本图书馆 CIP 数据核字 (2018) 第 182893 号

书　　名	水木丝语
著　　者	徐莲华
责任编辑	梁雪波　胡　泊
出版发行	江苏凤凰文艺出版社
出版社地址	南京市中央路 165 号，邮编：210009
出版社网址	http://www.jswenyi.com
印　　刷	三河市双升印务有限公司
开　　本	880 毫米×1230 毫米　1/32
印　　张	8.25
字　　数	194 千字
版　　次	2018 年 9 月第 1 版　2023 年 5 月第 2 次印刷
标准书号	ISBN　978-7-5594-2713-7
定　　价	69.80 元

目　　录

后记

这人间我来过，并且不虚此行

爱斐儿

前些日子朋友转交给我这本书厚厚的打印稿，嘱我写序。实话说，我是有些踟蹰的。一来是俗事太多，写序需要花很多时间精力去了解作品和作者；二来因为个人学识见识有限，恐负了朋友一番信任。

要说，我与作者也曾有过一面之缘。那还是去年七月应邀参加响水韩家荡荷花诗会时，她既是一位东道主，她的名字“莲华”恰又暗合“韩家荡荷花诗会”主题。她在一篇《欲说还羞》里记录了荷花诗会的一场相遇，文中有这样一段文字：“今生，以荷为名，我确信，缘结于前世。这个叫‘莲’的女子，前世曾是不小心跌落在荷叶上的一滴露珠，抑或是羞涩躲藏于莲蓬的一颗小小的莲子。”其中写到女诗人与荷，她说：“而七月的韩家荡，荷香四溢。那些赏荷采风神采飞扬的女子，轻踏着木板小路，灵动了万亩荷田，荷似她们，她们似荷？谁又能分得清道得明呢！水中摇曳着多少朵荷，世间就有多少似荷的女子。我窃想，她们和我一样，愿意把自己幻化成荷中的任意一朵。红的明艳，粉的淡雅，白的晶莹。就算做莲子之芯，也甘尝其苦。”读完这篇文章，我已经很欣然的想要完成这篇小文了。因为，对于一个莲一样的女子，我们有着相同的底层代码：吃得苦，品得甜，在污泥浊水中守得住自己内心的净土，在认清生活真相之后，对生活依然保持热情和热爱，这不只需要一种艺术家的浪漫情怀，她还需要一个人时刻保持清醒，时刻觉察自己身处其中的世界，可有一条道路、可有哪些契机通往真理和觉悟。

在苏北这样一片富饶的土地上，盛产思想才华和人文精神，总是有人在努力探索着，追寻着，用文字记录着自己行走的足迹，我权且把那种记录当作走向觉悟的路标吧。我身边就有好几位优秀的苏北文人，有思想，有情怀，有高度，让我对这片神奇的土地油然生出亲切感和认同感。看得出，莲华也一直走在一条觉悟之路上。她写自己的成长，写自己的亲人朋友，写内心的喜悦、痛苦和忧伤，写她深爱的故土山川……一篇篇文字记录着作者丰富的心路历程，情真意切，带着她深深的思考，有感悟，有哲思，也有洞见，还不乏诗意和远方。让你看到一个有趣的灵魂，为自己最想成为的那个人而坚守着内心的高贵，如莲花一般，守心如玉，出淤泥而不染，努力让自己的灵魂散发出芬芳的香气。我想，大抵也只有有趣的灵魂才会去追寻这样一种人生境界吧。而这一切，都是为了告诉自己：这人间，我来过，并且不虚此行！

（爱斐儿　著名诗人，中国作协会员。著有散文诗集《非处方用药》《废墟上的抒情》《倒影》等。曾获“中国首届屈原诗歌奖银奖”、“第八届散文诗大奖”等多种奖项。部分作品先后被翻译成英、日、法等文字。）

每一丝心语都归于美的旅程

管国颂

“离开村庄久了，对季节的习性难免生疏。在这样的早春时节，该种些什么，实在是茫然的。拨通老家的电话，他们直言相告，真正的农活忙碌还没拉开，家前屋后的菜园子，可以舒展一下筋骨。我笑了，挂断通话。春来了，一切在渐次苏醒。双目微闭，那片桃花仿佛已越过山林……”这几行文字，掩隐在莲华的新作《水木丝语》里，随早春散记下来，一阵清新摇曳，你可以闻到文字的芳香，你可以感受语言的魅力，在它们背后，掩卷而思，你还可以触及写作者灵魂的流动，把想象延伸，美就在不远处，俯首即得。

莲华爱美吗？认识莲华好多年了，从一个羞涩的小姑娘到一个部门的领导，期间我关注过她，但一定是与工作紧密相连的。莲华长期在县里面的宣传部门工作，相应的，我在市里多年编一本叫《盐城宣传》的杂志，那时她给我写稿，都是一些理论性的、工作方面的，其思想、业务水平，我很欣赏。后来她又转到文联，好多县里的文联和市里的文联体系上还是有些不同，人极少事极杂，也就是上面千条线下面一根针。再后来，我就看到了她主编的《云梯关》，那是一本从选题、内容、装帧都极具美感的文学杂志，这时候，我也恰好在市里主编一本

《湖海》文学期刊，所以我对文学杂志的编辑、出版又有了些许的发言权。盘点莲华主编的《云梯关》以及由她组织策划的一系列文学艺术活动，我感觉，莲华的行事风格，除了严谨缜密之外，独到的细腻、温情和优雅的审美取向，是有别于他人的。这一点印象，在她新近给我的书稿《水木丝语》里，同样得到了印证。

《水木丝语》所辑均为作者原创散文。关于散文，关于写作，很多大家、名家及至教科书告诉我们的已经够多的了，但具体到每一个写作者个体，个体的生活，成长经历，写作环境，特别是融于个体生命中的、一种几乎又是与生俱来的审美品味，终于造就了不同写作者，写作风格，做成了不同的文章。从这个层面上理解，《水木丝语》是莲华的“独一个”精神产品，是她含英咀华、半生置乡、用心体验的生活旅程。她在人生的不同阶段、感性的不同领悟、情绪的不同堆积中，于内心最深处，发出《水木丝语》，这里面有在跌跌撞撞青春中写给九月情书欲说还休般的守心如玉；有饱含在心空那轮月下，在云中之书里写下的女儿眼里母亲、父亲的一种爱；还有在平常日子里亲近泥土，包括叶落亦缤纷、冬之冷暖、孩子与风筝的恋海情思；在冬的眉眼间走来，赴约一场别样心灵之旅的朝花夕拾；更有随你去远方，在行走的风景中玩味秋日情怀的思与远方。

莲华的散文写作是她生活的记录，如她纯洁地对人对事，没有半点的故弄玄虚，有的只是炽热的感情，质朴的言语和蕴含在叙述人和事背后、无限接近地气的浓郁乡情、亲情。通读《水木丝语》，我惊讶于莲华在机关工作多年，毫无江湖习气、八股文风，相反，多少年守心如玉，以文化滋润心田，以文字表达情操，可想而知，这是一种什么样的坚持，它需要一个人一生承担多少重负和怎样的毅力，《水木丝语》在叙事写实与抒情怀思中，以一篇一篇的美文，向我们作了最好的呈现。

世界大小与眼界有关，眼界与心灵相通。天生万物，相辅相成，互为依托。故而，世界本无所谓大也无所谓小。《水木丝语》，水是无形的，木是卑微的，丝也只存在于我们气息中，水、木、丝，我们可以忽略，但我们绝对不能没有。想想，终其一生，我们是不是可以把每一丝心语都归在我们生活的旅程里。别人我不敢说，但对于莲华，她在这部《水木丝语》散文集里，所表达的“小”却有她突破了自我之后的“大”。如果我们把打开的《水木丝语》，当作一幅版图，从“守心如玉”出发，寻找到“一种爱”的无际，那就是辽阔的海洋，在那里，我们能以“恋海的情思”“朝花夕拾”，最终走向“思与远方”。那我们这一生，活着本身就具备了崇高的意义。

莲华从小生活在农村，“如果要表述清楚自己出生的地方，当时完整的名称应该叫响水县周集公社沙庄大队高庄生产队。”作者在一篇回忆文中写到，她的很多亲朋好友甚至一辈子都没离开过故土，作者对生养她的家乡、对那里一草一木的深厚感情，都在《水木丝语》的很多美文中，自然而深刻地呈现着，虽然作者很自谦地认为“生长在农村，一直与文学缘浅。孩时，除了拥有自己的几册课本外，基本未接触过可读的闲书。放学后，多数时间在割草挑菜干农活中度过。从离开家乡到市里读中专，才开始有报纸杂志作文选小说等书可阅读。”这固然是实情，但一个女孩如果真的爱上了文学，那动力也是无限的，于是，“也是从那时起，懵懂地接触了文学作品，认识第一个言情作家高手琼瑶，她弄得少男少女们心神不宁。偷偷地学着涂抹文字，写着少女心事的日记。班级里不知谁带头搞起了所谓的‘诗社’，也曾于其中‘无病呻吟’地作诗写文。无意间，自己在学校一次征文竞赛中获一等奖。”这是作者看似步入文学的缘由，其实不然，世间万事万物都是偶然中存在着必然，就《水木丝语》文章主题构成而言，生活的底蕴以及对生活的感知，让作者自然而然地选择了她所熟悉和热衷的人和事，农村农民、故乡田园，在她的作品中，随意间，我们就能领略到乡村的原味、农舍的炊烟："七月的韩家荡，荷香四溢。那些赏荷采风神采飞扬的女子，轻踏着木板小路，灵动了万亩荷田。或飘逸。或洒脱。或清雅。不远千里，赴一场荷的盛会。她们似荷，荷似她们？谁又能分得清道得明呢！水中摇曳着多少朵荷，世间就有多少似荷的女子。我窃想，她们和我一样，愿意把自己幻化成荷中的任意一朵。红的明艳，粉的淡雅，白的晶莹。就算做莲子之芯，也甘尝其苦。"作者笔下，韩家荡、赏荷采风的女子，原来是这么的纯粹和灵动，你埋首文中就着道，也就有了乡村的模样。《水木丝语》从早春散记到守望灌河，作者倾其生活感悟的所有，记录生活的篇章。《记忆童年》，是一篇让人百读不厌的美文，作者在文中竭尽酣畅淋漓之笔墨，抓取乡村中极具典型想象力的"老屋・池塘・知了"几个场景："从记事起，我的一家人与另外几户远离村落中心零散居住着。老屋为土坯墙，柴草苫顶的那种。虽然不如后来的瓦房结实好看，可也冬暖夏凉呢！这种草屋日久天长，经风吹雨打，就得经常修补。我家共有七间屋子，其中五间为正屋，面朝南；另两间，支着锅烧饭的屋子，面朝西。屋里，让我记忆最深刻的物件有两样，一是大小不一的粮食囤子，二是墙上贴着我们从学校得回来的各种奖状。屋外，宽敞的大场，可碾柴，可晒粮，可玩耍。老屋前方不远处有一个大水塘。只能叫大水塘，因为它从没有过名字。大塘的周围长满了芦苇，还有高矮粗细不等的各种树木。每到夏日来临，树上'知了'此起彼伏的大叫，像唱歌比赛似的。"这就是乡村老屋、乡村池塘，连同池塘边树上的知了，是作者对童年最鲜活的珍藏。没有从那个老屋进出过，没有经历过乡村的风风雨雨，无疑就会少了一层对乡村的理解。童年是无忧的，在"自然・劳动・玩耍"中，快乐是永恒的："在大人背后，与伙伴们玩耍也很'疯'和'野'。钻进芦苇丛、野草地、爬树找鸟蛋、捉小鸟，跑集体庄稼地里偷割山芋藤子当猪菜，割草时躲在麦地里摘豌豆吃。有时被生产队'看青'的追得上气不接下气，还找到家里与大人理论，为此没少挨父母亲的训斥……炎热的夏天，就常会下河洗澡。记得有一次，堂哥教我在水里‘扎猛子’，‘扎猛子’没学会，着实呛了几大口水，差点被‘淹死’，吓得不轻。打那以后老实了不少，害得至今还是旱鸭子。几个小伙伴经常一块儿割草挑菜，偷空就玩踢毽子、打梭子、跳格子，玩得开心常忘记了时间。”如此美好的世界，苦难也不在话下。在“炊烟·夏夜·母爱”的氛围里，“记忆中的童年乡村，田野空旷，空气清新。天很蓝，云也白。庄稼不是绿油油的，就是黄澄澄的。最让我喜欢的还数乡村暮色。每当放学或劳动归来，踏着乡间小路，哼着不知名的歌，看着从草屋升起的袅袅炊烟，伴着那无际的晚霞，觉得特别好看特别温暖。现在细想，用‘美仑美奂’说她一点也不过。夏天，与乡村伙伴一样，常赤着脚在地上走着、跑着，土地热得有点烫人，也不介意。那诱人的乡村傍晚，为童年带来无尽的遐想，至今回味，仍余韵绵绵。”在情景交融中，回忆的滋味总是甜蜜的，从童年起始，乡村故园在作者的心头，顽强地占据着，物质的诱惑和情感的照应，生动鲜活，即使写实也显得清风扑面。

《水木丝语》除了抒发对乡村的眷恋外，成长的主题也穿行于其中。在《跌跌撞撞的青春》里，作者写道，“离家求学，芳龄十五，正值花季。一个乡村丫头，不情愿的，接受着命运的安排，走进中专校园。四年，一个拐点，人生一个重要拐点。不管与初衷是否合拍，没有退路，唯有背起行囊出发。”青春是这样开始的，一切都是青涩的，不以你的意志为转移，如“一位老师说‘你们啊，这个年龄，小猫小狗的感情。’多有趣的表达。课堂上的我，一下子笑出了声。这一幕，几十年后，还记忆犹新。”当然，青春再跌跌撞撞也离不开那个特定的年代，特定的环境，正像喜欢怀旧的人经常念叨的那样——那时候生活是困苦的，人的感情是淳朴的，天是蓝的，水是清的，庄稼还长在地里，蔬菜不会打农药，就是猪肉也是没有瘦肉精的。青春就是在这样矛盾和纠结中成长发育着。未来的日子里，注定“人，长大后，区别就大得去了。有的穷，有的富，有的行善积德，有的恶贯满盈。人类的发展，归功于人的思想，应该没有错。而如果有一天人类毁灭，也还得归结于人的思想。有的人，一生站得直走得稳。有的人一辈子，喜欢弯腰屈膝，习惯跑、跪、爬、钻……形形色色，五花八门。世界有多眼花缭乱，都是由人而起。当然，有一点是共同的。人，都会死。”有点悲催，成长的意义绝非仅此，作者笔锋一转，笑对人生：“无论世界多么精彩，人生却有很多无奈。何况，生命脆弱，世事无常。至今为止，长生不老还无可能。那么，我们在自己有限而又未知的活着时间里，尽量工作得有意思，生活得有意思。让自己真正的有意思起来呗！”读到这些文字，相信读者的内心是愉悦的，几句话，看淡生与死，这样的文字绝对不是哲学意义上的说教，作者的感慨无论如何在寻找读者认同的同时，一定寄期望于他们对人生不如意的释怀，因为从中，作者本身就看到了自己所经历的类似的人生成长阶段。

莲华是一个爱美的人。美的生活态度赋予了她高雅的审美取向。由是，她的《水木丝语》，篇与篇、章节与章节之间，无形中延伸了美的韵律，乐观向上的精神和积极作为的思想内涵。没有和莲华探讨过具体的写作，但就《水木丝语》的主题架构，感恩和爱也是她不舍的话题。莲华的文章重真情实感，故而在读她的文章后我知道，她生在一个多子女的家庭，她的父母为了他们吃尽了苦头，但即使这样，父母仍然视他们每个为宝，培养他们读书识字及至成家立业。父母的一生操劳和无私奉献，天地可鉴：“在我心中，父亲一直要强能干，也是有眼光之人。我们兄弟姐妹多，又是极其普通的农民家庭。在那个生活不富足的岁月里，父亲不辞辛苦、想方设法苦工分挣钱，供我们上学读书。在乡下的日子，父母亲早已习惯于脚踏土地辛勤劳作，起早贪黑耕种收获。后来，他们之所以离开那块充满艰辛与收获的土地，舍弃住惯的乡下老宅，跟随儿女们搬到县城居住，也只缘于年幼的孙子孙女们需要他们来照看。十个手指都连心，每个儿女都是父母亲身上掉下的肉，孙儿孙女更是老人眼中的宝贝。进城后，他们轮流帮着一家家操劳着，这样的生活，一过就 18 年。孙儿们在照看下长大，一个个陆续背着书包上学了。曾经硬朗的老人，现已银丝满头步履蹒跚。”在《如果有来生》里，作者向故去的母亲邀约：“如果有来生，就这样说定了，母亲，我要成为你的第一个孩子。你希望生儿子就是儿子，想生女儿就是女儿，只要你开心就成。早早相遇，继续今世未尽的母子情缘。我想，愿能为你多分担一些早年的辛苦，将缘分的时光拉长。我想，把时间重新分配，将日子梳理得熨帖，让您少为我操心。我还想，把对孩子的爱再匀出一些，让您真正享有孩童般无忧无虑的美好晚年。如果有来生，母亲，我只做你的长孩子。为你，勇敢地撑起一片天，然后，更加温柔地爱你。”怀念与感恩并重，其心其情溢于文字，不由得让人潸然泪下。“孩时的眼里能捕捉到的，多是母亲辛苦劳作的身影。挑担、推车、拐磨、收割、打场……重活累活，岸上水里，家里田间，所有的活她都干了。起早摸黑，从无怨言。最早起、最迟睡的那个人，一定是母亲。当夜深人静，收拾停妥，煤油灯前，母亲还得一针一线做鞋缝衣。常常天未五更，母亲已喂完牲口，担好水，烧起饭。接着，就忙活田里的事情。我们的勤劳也多缘于母亲的影响。”母亲的身教重于言传，“母亲一生未使用过钱。父亲在哪里，她就在哪里，家庭所有开支都是父亲操持。我们成家立业后，给老人买吃的穿的用的，她总会慈爱地怪女儿‘多花钱’。生活中，母亲从不挑剔，对人宽厚有加。”看过很多写母亲的，但作者在这里落在母亲身上的笔墨却是细腻中透着传神，朴素中传递哲理：“对父亲而言，母亲是一位勤劳善良贤惠持家的好女人。对子女而言，她是一位伟大慈爱的母亲，给了我们所有的温暖。母亲勤劳善良，慈爱宽厚，顽强的生命意志，耳濡目染着我的人生。”有其母必有其女，说的大抵就是这个道理。

人活着本来就是一种传承与担当的关系。感恩亲人，是幸福有时也会痛苦。“子欲养而亲不待”，对活着的人就是一种无言的伤悲。《云中之书》表达的正是这样的心境：“父母亲不时走进我的梦中，梦到的还是他们活着时的情形，母亲含笑，父亲管家。这一辈子，与父母亲的缘分四十余载，在有知有觉中，走完相守相恋的时光。养育之恩，报的，未报的，皆已凝成不了情。孝顺要趁早，容不得等待，祈望天下父母儿女，都能好好珍惜相遇的一世情缘。”

《水木丝语》成书，是莲华的感恩所表，也是莲华的大爱所达。感恩是人类区别于其他物种的主要标志，爱则是感恩的升华，是我们在这个世界上，人们实现自我精神救赎的唯一良方。响水滨河临海，响水人的精神世界里当然也不仅仅停留在感恩与爱的境界上。响水人恋海，常会生发海的情思：“面对那群真正的赶海人。他们晴天雨天风中浪里，汗水拌着泥水，‘号声’和着涛声，知海恋海更离不开海。大海的潮起潮落，记述着他们的酸甜苦辣，他们在与大海的搏动中，洒下艰辛收获希望。有了这群赶海人，使大海增添了勃发的生命活力，他们与块块点点的绿洲互为相应，一同抒写着生命的顽强，成为极具魅力的风景。相对于这些真正意义上的赶海人，我们也算是靠近大海看了风景。”有什么样的心情就会看到什么样的风景，接着作者话锋一转，“其实，人生不就如海么，也有潮涨潮落。下过海的人也好，未下过海的人也罢，人人都在‘赶海’。我们这群‘赶海人’，只有勇立潮头搏风击浪，辛勤劳作奋斗不止，才会永远拥有希望和收获。”所感所思的真谛原来在这里：大海中有人生，赶海亦如奋斗，只有敢于直面人生，一往无前的人，才会拥有整个大海。《叶落，亦缤纷》也是《水木丝语》里我比较喜欢的一篇散文。叶落，本来带给人的常是伤感，好比“帘卷西风，人比黄花瘦”，但在《叶落，亦缤纷》里，作者却反其道而行：“花草的叶，树木的叶，抑或水稻麦子棉花等各色庄稼的叶。我一直认为，叶，才是生命的引领者，从最先孕育的那一刻，就一直安静地存在，默默地生长。吐风含露，吸吮日月之精华。之后，则源源不断地滋养着花、果实、树枝、树干……”看看，同样一件事物，换一种眼光，我们会觉得豁然开朗，别有另一番景象：风一吹，又有叶儿飘落。下午的阳光，有几缕洒在树梢上。看过去，树叶青的更青，黄的却显得愈发光彩起来。

喝酒的人爱说，酒品如人品。写文章的人会说，文如其人。那《水木丝语》的行文造句就恰如莲华的处世为人，一生小清高地活着：“这个世界，似乎谁也管不了谁，谁也代替不了谁。路，都是自己选，都得自己走。当我们选择了一条路，就不能走另一条。脚，只有一双。而我想，每一条路上，都会风景各异，绝不会十全十美。面对五颜六色的染缸，没有选择跳下去，别人可能会笑话我二，不懂得去享受和融合这个缤纷多彩的现实。我不在乎这些。不是不懂得，而是不喜欢。别人跑着，跪着，爬着，与我无关。我只能站着，走着……”鲜明的个性，鲜明的文风，看似干净利落，实则背后支撑着的，仍然是一种精神。本来嘛，人活一口气，佛争一炉香。凡事，别人打不倒自己，只有自己打倒自己。所以作为一个文人，精气神必须得具足，一个没有独立人文精神的作家，断断是写不出好的作品来的！

莲华虽然于我而言还是年轻了些许，但看她《朝花夕拾》《思与远方》的文字，我却常常不能自禁地赞叹，在《冬的眉眼间走来》，收获《云梯关》的果实，我为她对《云梯关》优雅的审美、清新的编排所折服，铁杵成针非一日之功，行文如她做事，反过来，做事亦如她行文。莲华是一个讲究品味的人。说到品味，我们当下世风真是拿它当稀罕物了，世人皆醉她独醒，独醒者永远是孤独而昂扬的。灌水东流向大海，触摸云梯听涛声，表达的是一种胆识与气魄；在盛夏与村庄的对酌唱和，赴约一场别样的心灵之旅，叙说的是于无声处响惊雷的精神回归。

“钢筋和水泥，矗立出城市的地标。城市人在属于自己的方格子家里，进进出出。庄稼和土地，记忆着村庄的过往。从这里，走出去的，走回来的，都是与村庄有割不断的血脉相连。偶尔，也有些慕名者‘闯入’，惊醒了村子的老屋、庄稼和脚下的土地……”无奈中透着感慨，感慨中存着警醒，为着一种寻找或者要以另一种激烈的方式抗争，作者继而在另一篇文中发出了更加高亢呐喊：“军旗高扬，军歌嘹亮，军人豪迈。金黄与鲜红绘就成太阳般璀璨夺目的旗帜，那是勇敢和光荣的象征。一首《中国人民解放军进行曲》，响彻五湖四海，穿越大漠戈壁，回荡茫茫天宇。一阕《南乡子·解放陈家港》，似红色之火种燃旺这片土地，将‘铁军精神’根植灌河儿女血液之中。战争与和平让军人有着不同的舞台角色，奉献和忠诚是你最凝练动情的表白，保家卫国则是你永远不变的使命担当。一路追寻你光荣的足迹。遥望万家灯火，静静注视你守护的身影。”娓娓道来，铿锵有力，浓浓的家国情怀，强烈的励志抒怀，感动你也感动我。

作为一本散文自选集，怎样归类、怎样编排自己的文章，其实是可以灵活多样的，就看你遵循什么样的标准。《水木丝语》里，莲华将《思与远方》作为压轴，放在集末，其用意不言自明。在《随你去远方》，作者开宗明义这样写道：“人在江湖，永远没有十全十美。事事如意，只是美好的祝愿。有些糟心的人和事在某个地方遭遇了，烦恼促生。可仔细一想，何不将其就当作笑话左耳听右耳出呢，提都不用再提及。于自己人生而言，有的人连过客都算不上。也有一些人和事，可能想回避也避不开，只能物理冷敷，迫使自己冷静，默默记住栏杆医生的忠告，当念头和烦恼生起时，你不带成见地注视它，既不搅乱它，也不捏造更多念头，它们就能自己沉静下来。”沉静就是一种静默的思考，那怕在《突然醒来的夜》里，在《与陶公约会》的阅读中，思考都是人生价值观的升华。所谓“读万卷书，行万里路”，如果没有对近处的咀嚼和对远方的思考,那必然是收效甚微。《行走的风景》很多,关键在于我们怎么收藏。亦如莲华自己总结从文感悟一样,“一路走过,我的人生没有什么豪言壮语,唯信奉顺其自然。读书写文不爱作秀,随于心,从于情,流于笔端是质朴的表达而已。不崇洋,不媚俗,性格使然。有话长,无话短,文字左右。如一文友言,有时大脑‘进水’,所谓灵感来了,文字往眼前涌,活蹦乱跳,不排列不能成眠。但更多时候大脑迟钝,就算绞尽脑汁,也无法成文,更谈不上写就美文。”文无定法,这是一条真理,真理无论你用什么方式表述,它就在那里。一本《水木丝语》当然不能充当真理,也不是作者一生的全部,但有一点,作者在书中感怀和深思的,一定是她认为最为迫切的表达。比如对《长姐梅英》的倾情:“几十年光阴,大姐就像我的另一个母亲,照顾着她这帮弟弟妹妹们。从学费,买衣,买书,辅导学习到生活中的细枝末节,无不尽心尽力。姐姐,不仅仅从伙食上为我们着想,还亲自给弟弟们洗头洗衣洗被,家里一台缝纫机专门包揽了缝缝补补的活。弟弟们脏衣换下来,干净换上身。只要能想到的,大姐都去做,尽心尽力,不求回报。”这样的大姐,在这里就绝不是人生过往的简单经历了,她在作者心上,实际上就是一块高高耸立的丰碑,是作者善与爱的启蒙。思与远方,行走的风景,如“一粒种子,植入母体,顽强地吸吮,长成胚胎。蜷伏在子宫小屋,享受着最初的温暖。十月梦醒,从产门挣脱。一声啼哭,带着母亲的血与水。睁开惺忪的双眼,打量着陌生的世界。牙牙学语,蹒跚学步。一个微笑,一个手势,都在大人的期待中定格成美丽的风景。从此,春耕,夏耘,不敢懈怠。秋收,冬藏,一路风雨兼程”。从此《水木丝语》有了记实叙事和抒情达意的可能。

莲华的散文大多属于短小精悍类的,也正是这样的精悍和短小,恰恰最能体现出作者随兴而起、即兴而作的品性。通读《水木丝语》,已经可以看出作者的创作才能,我衷心希望《水木丝语》的出版于莲华的人生如一棵拔地而起的大树，为她今后更丰富自己的人生，更精湛自己的创作，庇荫郁福。

现在，莲华在文联工作，手边还负有《云梯关》编辑审稿之责，近文而远俗，于创作来说是件好事。未来的日子还很长，诚如作者所言：时光如水，人生多味。我这个饱食人间烟火味的女子，再细细回味当年老师说的话，似乎觉得多了人生的禅意。盐，咸味也。它于我们血液中日夜流淌，生命之必需，何尝不是人生之首味？而美味，当是我们人人都喜欢的。但美味不能贪多，食多无味；浅尝辄止，方好。

（管国颂　江苏省盐城市网络作家协会主席、盐城市作家协会副主席，《湖海》文学执行副主编）

第一辑

守心如玉

早春散记

月上柳梢头，人约黄昏后。这是正月十五元宵节，留下的怦然心动的印记。岁月悠悠，千帆望尽。众里寻他，繁华落。吾心，亦在灯火阑珊处。年，在元宵的热闹中渐远。

阳历三月初，早春之节，正是乍暖还寒时。今年，小城的季节感分外明朗，应为吉兆。春雨先行雨水至，春雷响起惊蛰随。春风劲吹，春雨恰时。大地万物，应时而动。对于急性子的人，慌忙甩掉冬衣，不为奇怪。然，春寒也料峭。老话说得好，春要捂秋要冻。对身虚体弱之人来说，单衣出行尚略嫌早，适当的春捂还是有必要的。

在这样一个早春时节，我能为春天做些什么呢？透过玻璃，望着窗外。树儿随风摇摆，一如我此刻的心绪。脑子里，不时冒出奇奇怪怪的念头。童年的我，常常奔跑于乡间的小路。不时，用手拂过路边的庄稼。篮子里，总是被那些青草野菜塞满，当然，还有那些野菜上漂亮的小花。对着天空、小河、田野，唱着不是歌的歌。乡村的四季，在播种收获中线条清晰。

莫道春来早，更有早行人。春天的脚步，叩响在诗人的笔尖。冰雪遁形，春花渐放。朱自清先生的《春》，犹在耳畔响起。板结了一冬的泥土，在隆隆春雷中苏醒，变得温润松软，期待着与种子会晤。羊儿虽在枯草间觅食，却已嗅出青汁的味道。鸟儿，在树枝间忽上忽下地飞着，叫声越发清脆。叽叽喳喳的，穿透冬的寂寞，在那里呼朋引伴。

白昼，愈发长了起来。这个季节，似乎应该种些什么。种什么好呢？给过足冬眠瘾的树木和麦子种些肥料，或栽种一些不怕倒春寒的花花草草。一直留恋有土地可耕种的时光，亦幻想着将来不用上班的日子，能拥有一块属于自己的田地。在那块让自己看得见摸得着的泥土上，栽花植草种上悠闲的心情。

这一阵子，再次品读刘亮程老师散文集《一个人的村庄》。为老师的文字击掌叫绝，为那一个人的村庄痴迷流连。村庄于农民，农民于土地，我们于老屋、河流、一片草、一棵树、一茬又一茬的庄稼或人，那些熟悉得不能再熟悉的阿驴阿狗阿鸡和满怀渴望的蚁群。置于它们之间，感觉自己还鲜活着。

我不知道，能住在钢筋水泥的楼房，还有什么不妥。干净利索，透过琉璃也能晒到太阳看见风景。可那个光着脚丫，在田野上自由奔跑的小女孩，却成了最爱的风景。常有一种空虚偷袭，漫过时空。那是什么呢？大概是无法触摸到土地的空虚吧。在我的呼吸里，蒲公英的味道，尾随春风起舞。

“一些草籽落到羊身上，一些落在鸟的羽毛上，落在人的鞋坑和衣帽上，被带到很远，有水的地方。”“在春天，羊摇摇屁股、鸟扇扇翅、人抖抖衣服，都会有草籽落地。你无意中将一颗草籽从秋带到春。无意的一个动作，又将它播洒在所经之地。”这是刘亮程老师笔下的村庄，这样“无意”的春天，你知道么？这样无意的春天，你喜欢吗？

离开村庄久了，对季节的习性难免生疏。在这样的早春时节，该种些什么，实在是茫然的。拨通老家的电话，他们直言相告，真正的农忙还没拉开，家前屋后的菜园子，可以舒展一下筋骨。我笑了，挂断通话。

春来了，一切在渐次苏醒。双目微闭，那片桃花仿佛已越过山林，伴着一曲《桃花魂》，在廖昌永深情演绎中飘然而至，“都说你妩媚一笑山水中/轻施粉黛也从容/都说你不成花魁也香销魂/邀得红颜闹春风/青山隐烟雨蒙/百花丛里何处寻仙踪/来也匆匆去也匆匆/地老天荒情亦浓……”在这样一个早春时节，趁春雨如酥醉意微醺，我不妨偷偷将春种植于心田吧！在那儿播下情爱，播下希望，播下自己默许的人生。一任春意烂漫，桃花灼灼。

2018.3.5

写给九月的情书

九月的阳光，少了夏的热烈，却不失温情的暖意。秋老虎，偶尔发发威，仍有夏的余韵。九月的雨，少了一份狂暴，然多了一份缠绵。不管你乐不乐意，秋雨的阵线比夏雨拉长了不少。

于小城而言，今年初秋阳光甚好，雨水适宜。庄稼长势喜人，想必又是个丰收之年。俯身贴近土地，感叹果实缀满枝头，也惊艳满眼的姹紫嫣红。走在田野，忍不住深呼吸，任弥漫果实芳香的空气沁入肺腑。

九月份有两个节气。一谓白露，另一谓秋分。因"蒹葭苍苍，白露为霜"之诗句，心中的白露之节，也染上了更多的诗情画意。喜欢行走在这样的时光中，白天微热，夜晚微凉。我，不想错过每一个秋天的日子。漫步于细风习习的小径，仰望有月或无月的夜空，总有一种说不出的惬意。

其实，与阳历九月之缘，已不单单是喜欢，更多为偏爱。1992 年 9 月 23 日晨，我经过 32 个小时待产的疼痛，迎来女儿贝贝的降临。那一天，正好是秋分。秋分，昼夜同长，日月相映，见证了我俩今世最深的母女情缘。

母亲说起孩子，打开话匣就会收拢不住。我对女儿，也不例外。

翻开泛黄的日记，偶录了小人儿的哭哭闹闹、欢欢笑笑。她哪一天会笑了；她哪天吃饱打嗝放屁了；她某月某日突然长出第一颗小牙；第一次会叫的是“爸”而不是妈；第一次小心翼翼松开手自己走路；第一次上幼儿园的胆怯哭泣；第一次加入舞蹈小组登台表演；第一次入学考了“双百”分回家……牙牙学语，蹒跚学步，入园后的忐忑，愉快的小学生活。所有的一切，都成了九月里最美的记忆，印刻进生命的年轮。

后来，女儿以优异的成绩考入盐城中学读初中、高中。再后来考取东南大学，再再后来在城里工作。自从女儿进入初中开始住校生活，我俩只能偶有机会朝夕相对，聚少离多的日子也从那一刻开始了。当然，通讯是越来越发达了，有了手机似乎没有什么能难倒的。电话，QQ，微信，皆可。而每到九月，我还是习惯写下一些文字，不在乎长短。用这样的方式表达心情，为女儿，也为自己。

小城文化艺术节连续举办十多年了。因为工作职责所在，九月也成了我最忙碌的日子。翻开活动档案，一个个忙碌的瞬间从指尖滑过。那一场场综艺演出、大合唱、广场舞比赛……对担任组织策划之一的自己，印象深刻。这些年的九月下旬，基本穿梭在艺术节活动现场。女儿生日那天，只能通过电话或短信祝福。从这点上说，心中还是有歉疚的。人在江湖，身不由己。好在女儿明事理，不计较。今年九月，因工作岗位的调整，总算可以轻松一下，从另一角度静赏小城的文化艺术节。

年年花相似，岁岁人不同。一年一度的九月，记忆在叠加，时光不重茬。如果说，偶尔也在唐诗宋词的美丽秋天浸润一下，但更多时候还是活在自己钟情的秋日心曲里。

家有小女，由无忧的童年走过青葱花季雨季，曾和我一起分担着生活中的风雨。曾经的九月，也给女儿写过长长短短的信，虽未寄出，想必女儿在空间也能看见。那时，读书求学的女儿毕竟没有真正走上社会，自认为在她成长的路上能给一些指导性的建议。作为母亲，我一直以“与时俱进”为标榜，以朋友式身份出现在女儿的世界而自得。

如今的九月，不再似从前。女儿亭亭玉立，长大成人，已工作第三个年头。面对可以恋爱婚嫁年龄的她，我的心中倒生出些胆怯，想着日渐独立的她不知道该牵手还是放手。天下父母心思，哪一种是孩子需要的，哪一种又是他们能读懂的呢？

又是一秋。行走在明媚的九月，置身竞相成熟的庄稼之中。看玉米粒饱，稻儿绣穗，柿子低坠枝头。捧着从泥土中刚收挖上来的春茬花生，沉甸甸的果，心也鼓胀着，连同收获的喜悦。

站在老家丰厚的土地上，我对着父母亲的墓碑深深地鞠躬，叩谢二老含辛茹苦的生养之恩情。我也敬谢上苍，把美丽的小天使带到这个世界，支撑温暖着每一个有生的日子。此刻，只想把积攒的美好，排列成行，吟诵成诗。将用心写就的书信，寄给这缘深情浓的九月。

2017.09

欲说还羞

今生，以荷为名。我确信，缘结于前世。这个叫“莲”的女子，前世曾是不小心跌落在荷叶上的一滴露珠，抑或是羞涩躲藏于莲蓬的一颗小小莲子。

与荷缘深，故从不敢轻易下笔落字。他人悦荷，心无顾忌。吾爱荷，便心存一分私念，多生几分怜惜。爱之深切，难免疼痛，更怕偏颇。年即半百，涂抹的文字中一直未敢言“荷”。

七月大地，万物荣华。响水迎来了著名诗人灵焚、爱斐儿、娜仁琪琪格、三色堇、金铃子、萧风等一行。诗人们冒着炎炎盛夏，撇万种风情，独为荷而来。以诗会友，相聚在韩家荡万亩荷园——当代散文诗领军人物周庆荣先生的老家。

自古以来，喜荷者不乏其人，尤文人雅士居多。王昌龄感叹“荷叶罗裙一色裁”，苏东坡欣喜《初夏》“微雨过小荷翻”，温庭筠偏恋“莲蕊香”。当杨万里目睹荷之芳容，则写下“接天莲叶无穷碧，映日荷花别样红”之千古佳句，至今仍广为吟诵。唯周公敦颐，独爱其“中通外直，不蔓不枝，香远益清，亭亭净植”，爱其出淤泥而不染之高洁，令更多君子垂青高看。

“你知道大明湖畔的夏雨荷吗？”当多年后，雨荷女儿紫薇历经千辛万苦找到亲爹，说出这句柔弱无奈实则穿肠透骨的话，一下击中多少女子的心房。夏雨荷，琼瑶笔下不食人间烟火的仙女子，为一段爱的期许，倾尽一生守候，终活成一支遗世独立的荷。我想，在她深情的守望中，或许不止一次遇见那误入藕花深处的易安居士。无数个辗转难眠之夜，一定常常对视西泠桥畔苏小小哀怨孤寂的眼神。

而七月的韩家荡，荷香四溢。那些赏荷采风神采飞扬的女子，轻踏着木板小路，灵动了万亩荷田。或飘逸，或洒脱，或清雅。不远千里，赴一场荷的盛会。她们似荷，荷似她们？谁又能分得清道得明呢！水中摇曳着多少朵荷，世间就有多少似荷的女子。我窃想，她们和我一样，愿意把自己幻化成荷中的任意一朵。红的明艳，粉的淡雅，白的晶莹。就算做莲子之芯，也甘尝其苦。

母亲生养了八个孩子，我排行老七。一个农村毛丫头入学堂时尚无大名。多亏在师范读书的长姐，再三斟酌为小妹起名为“莲”。因“莲”字笔画多，难写。入学数日，方学会写自个名字，更不能解其意。直到读了朱自清先生《荷塘月色》，方知，荷原来可以如此静美。哪怕置身夏的喧闹，亦能全然不管不顾。徐风拂过荷塘的夜晚，月色如银，伴有蝉鸣蛙唱，漫步其间，似醉似梦。一个含羞草般的女孩，开始偷偷地把目光从篱笆墙牵牛花上移开，试着打量荷的姿态。

岁月似行云流水。有知有觉中，渴望自己真能如“莲”般地存在着，美好着。

都说不要贪心，千万朵荷儿，我为其中一朵就好。可我，仍然默默期许自己与三朵有缘。灼灼其华那一朵，是我深爱的母亲；淡粉如黛这一朵，为我今生。那朵剔透似玉的白荷，你，可愿做我这个乡间女子的来世？

做个有意思的人

中国文字的神奇、词汇的丰富、语言的精彩，是无需置疑的。就算同一个词，它也能有多个意思。同样一句话，不同的语境，不同的语气，要表达的会是两种截然不同的内容。

当你对一个人要表达一种不满，也就是贬义地说出“你(他)这个人真有意思”，其实就是说这个人真没意思。而当你对一个人表达一种“认可”或“欣赏”啥的，说出“这个人挺有意思！”那是说此人真的有意思呢。

此时，或许你会问我，你到底要表达什么意思？有点绕口令。我今天所聊话题“做个有意思的人”，是想表达我们在世间活着，尽量不去做那个让别人烦躁不快、没意思的无趣之人。

知识高深之人不一定就有意思，权高位重的人不一定就有意思，腰缠万贯之人也不一定就有意思。有意思，可能与钱多钱少没有关联，可能与文化高低也关系不大。一个目不识丁的农民大伯，一个既富又贵的李嘉诚先生，他们一样可能同是有意思之人。在生活中，认为某人是个有意思的人，一定是他们身上有那么一种东西，让人有所“心动”、有那么点“感触”、有那么点“投味”、有那么点“愉悦”……或者啥的，应是接触之后能记在心里的“情啊、意啊、趣啊”之类的东东。

宇宙浩渺，有太多的未知。我们一旦来到这个世界，成为一个所谓的人，而不是小鸟小虫小鱼小猪什么的，也就会自认为“思想”高于狗狗猫猫鸡鸡鸭鸭的。但至于是否活得比它们有趣快乐啥的，也无从考证。不过，作为一撇一捺写就的人，出生时就那么一个小肉团，一些生理有残疾另当别论，正常新生儿也就是性别体重身高之差异而已。

人，长大后，区别就大得去了。有的穷，有的富，有的行善积德，有的恶贯满盈。人类的发展，归功于人的思想，应该没有错。而如果有一天人类毁灭，也还得归结于“人的思想”。有的人，一生站得直走得稳。有的人一辈子，喜欢弯腰屈膝，习惯跑、跪、爬、钻……形形色色，五花八门。世界有多眼花缭乱，都是由“人”而起。当然，有一点是共同的：人，都会死。

无论世界多么精彩，人生却有很多无奈。何况，生命脆弱，世事无常。至今为止，长生不老还无可能。那么，我们在自己有限而又未知的活着时间里，尽量工作得有意思，生活得有意思。

让自己真正的有意思起来呗！

记忆童年

童年，就是一场绚烂的梦。

关于童年的记忆，总是无边的，也有不少可以拾零的往事。前些日子，与友相对夜话。说起孩时的岁月，就像望不到头的乡村花草，漫过心房。记得，学生时代写作文，总爱把童年冠以“金色”。而现在的我，再去叙话童年时光，觉得用“色彩斑斓”来喻之似乎更妥帖些。

老屋·池塘·知了

如果要表述清楚自己出生的地方，当时完整的名称应该叫“响水县周集公社沙庄大队高庄生产队”。从记事起，我的一家人与另外几户就远离村落中心零散居住着。老屋为土坯墙，柴草苫顶的那种。虽然不如后来的瓦房结实好看，可也冬暖夏凉呢！这种草屋日久天长，经风吹雨打，就得经常修补。我家共有七间屋子，其中五间为正屋，面朝南；另两间，支着锅烧饭的屋子，面朝西。屋里，让我记忆最深刻的物件有两样，一是大小不一的粮食囤子，二是墙上贴着我们从学校得回来的各种奖状。屋外，宽敞的大场，可碾柴，可晒粮，可玩耍。

老屋前方不远处有一个大水塘。只能叫大水塘，因为它从没有过名字。

大塘的周围长满了芦苇，还有高矮粗细不等的各种树木。每到夏日来临，树上“知了”此起彼伏的大叫，像唱歌比赛似的。这不？正乐了我们一群孩子。拿着准备好的工具，去粘“知了”啦！大中午跑来跑去，根本不知道啥叫炎热。当然，每次粘知了，总能有些收获。小心地捧着捉到的知了回家，让妈妈帮着放在火上烧烤，那真叫一个“香”呢，一辈子都记得清清楚楚。

大塘，盛着清清的水。可见塘中的水草、青苔、自在游动的鱼虾，人的倒影也清晰可辨。遇到大雨，水多得外溢，鱼虾也不甘寂寞，会游到路上、田埂，或更远的地方。塘水，是我们家吃和用的主要水源，将水担回家后，存放水缸里。妈妈一直在水缸里放上河蚌，说能净化水。

大概在我上小学三年级时候，老屋后面挑了一条深又宽的长河，与屋前大塘一样，水也是清清的。岁月流逝，村庄变迁。大塘不见了，屋后的长河也已淤塞得面目全非。唯童年的记忆，深烙。记忆深处清凌凌的河水，多少次牵引着我，梦回童年老家。

自然 · 劳动 · 玩耍

想起童年，总会与自然紧紧相连。我是个土生土长的乡村孩子，到虚 8 岁，连个大名还没有，就背起小书包到教学点上学了。幸运的是，我按部就班地读完小学、乡办初中，直接考取四年制小中专，变成了城镇户口。在当时，可谓“凤毛麟角”，与年龄相仿的同伴相比，也算是个有“出息”的人了，让多少人红眼、羡慕呢！孩时的自己，实在算不上学习用功的人。学着，玩着。上学前，放学后，多半是在劳动中度过的。挑猪菜、割牛草、编席子、拾柴禾、烧火做饭、帮着收种……如此等等，凡是能做的都做，不会做的也学着做。家中兄妹多，要吃饭穿衣上学，负担可不轻。挣工分，挣钱，是件挺重要的事情，在我童年时已有很深的概念。小时候，除了和伙伴们玩耍外，干活从不含糊。种花生、大豆时，都是我跟着妈妈锄后丢种子，给庄稼地锄草也是小能手。收获季节，割麦子、割稻子、拾棉花、刨山芋、砍柴、掰玉米什么的，无所不做。干得欢，跑得快。印象中，哥哥们还用“激将法”要我多干活，我就傻傻地上当，用“实力”证明给他们看。那时，并不觉得在地里种、锄、收等各种劳动是苦差事。尤其，跟着妈妈一起做这些，特有“成就感”，学会了好多本领。有时，和妈妈一块去拾荒，能跑好远路，不管收获大小，总是充满开心。如果再来一次什么“上山下乡”，我的生存绝不是问题，说不定还能当上生产能手啥的。

本人除了勤快干活的优点外，在大人背后，与伙伴们玩耍也很“疯”和“野”。钻进芦苇丛、野草地，爬树找鸟蛋、捉小鸟，跑集体庄稼地里偷割山芋藤子当猪菜，割草时躲在麦地里摘豌豆吃。有时被生产队“看青”的追得上气不接下气，还找到家里与大人理论，为此没少挨父母亲的训斥。

离我家不远处的几户，都是徐姓本家，一块玩耍的多半是堂兄弟姐妹。自从老屋后挑了一条深而宽的河以后，炎热的夏天，就常会下河洗澡。记得有一次，堂哥教我在水里“扎猛子”，“扎猛子”没学会，着实呛了几大口水，差点被“淹死”，吓得不轻。打那以后老实了不少，害得至今还是旱鸭子。几个小伙伴经常一块儿割草挑菜，偷空就玩踢毽子、打梭子、跳格子，玩得开心常忘记了时间。有时候等大伙玩散了，发现劳动“任务”还未完成，便独自再去割草挑菜，把草篓、篮子装得差不多才行，从没有背着空篮子回家的记录。

炊烟·夏夜·母爱

记忆中的童年乡村，田野空旷，空气清新。天很蓝，云也白。庄稼不是绿油油的，就是黄橙橙的。最让我喜欢的还数乡村暮色。每当放学或劳动归来，踏着乡间小路，哼着不知名的歌，看着从草屋升起的袅袅炊烟，伴着那无际的晚霞，觉得特别好看特别温暖。现在细想，用“美仑美奂”说她一点也不过。夏天，与乡村伙伴一样，常赤着脚在地上走着、跑着，土地热得有点烫人，也不介意。那诱人的乡村傍晚，为童年带来无尽的遐想，至今回味，仍余韵绵绵。

从某个角度说，夏日的夜晚，才真正属于乡村的。忙碌了一天的家人，围在露天的桌子旁，享用妈妈忙好的晚饭。饭后，有一段大家自由活动的时间，各自乘凉玩耍。月光如水的夏夜，实在令人着迷。小伙伴们经常一块去捉萤火虫，去草堆（垛）里躲猫猫，去稻田里捉青蛙（长大了知道青蛙是不能捉的）。还有，就是围着我邻居三大妈，听她讲“仙女下凡、孟姜女哭长城、三国水浒”等故事。当时，还有一项重要的集体活动，看露天电影和听艺人说书。这项让人神经格外兴奋的大事，需要间隔好久才能轮到一次。那种露天文化的魅力，至今令我留恋，这大概也是我们这一代人抹不去的共同影像。

等到玩够疯累了，想起该回家了。夏天晚上，天热，又有蚊蝇。有时候，把床或席子放在屋外的空场上睡觉。有时玩得过点了，回到家就轻手轻脚地，挑个地方睡下。当然，每次妈妈都会为我留着门或空着地方。孩时能紧挨着母亲睡觉，是最美的事，她会为我们摇着扇子扇风和赶蚊子。母亲虽不识字，可她始终用最朴素的爱教我做人做事。她的善良纯朴，她的吃苦耐劳，她的勤俭持家，她对儿女们的无私关爱，无不深深影响着我的人生。母爱，温暖我的童年少年，陪伴着我一路走来，还将一路走去。

书信情结

春节在家收拾房间，整理书柜时翻出一大叠书信。仔细一看，多为昔日的同学和老师所寄。变黄的信纸，久存的墨香，冲开我记忆的闸门。自然地，将我带回四年中专生活的时光。

1983年夏天，十五岁未曾离过家的我，从一所乡村初中考进盐城纺织工业学校。眼前的一切，显得那样陌生而又新奇。初离家的日子，最难排解的就是“想家”。在当时，家庭经济的拮据、交通的不便等因素，一个学期也只能回家一两趟。与亲人、老师、同学们的联络，全依靠那一枚枚8分钱的邮票，载着叮咛和关爱来回穿梭。写信，等信，复信，成为学校生活割舍不下的一部分。记得，班里有一位叫盛久清的男生，负责我们班的邮件传递分发。每当他拿着厚厚一叠信走进教室时，大家会不由自主地把目光投向他。在同学们心中，他成了传递“感情”的可爱大使，不过他真是一位尽心尽职的信使！

写信，常常安排在晚自习或夜深人静时进行。展开准备好的信纸，一任亲情、友情、师生情浓于笔尖诉于纸上，思绪也早已飞向倾诉的那头。向父母问好报平安，跟昔日老师汇报学习生活，与各在一方的同学交流情感。那“临行又拆封”的事也常有发生。尤其每逢节日来临，不少远路的同学不能回家，就在学校过节，这时女孩子们都习惯给家人写封信。有时,一封信洋洋洒洒能写上好几页,虽不及杜老“家书抵万金”的凝重,也颇能表达“佳节倍思亲”的感触。信邮走了,接下来就是“云中谁寄锦书来”的期待!屈指细数,差不多日子里收到回信,就会觉得很安慰。拆开信封时的那份喜悦满脸荡漾,有时还会高兴地跳起来。书信,成了联结感情和交流的重要纽带,是中专生活不可缺少的精神食粮。

这份书信情结,悄悄地延续到走上工作岗位。毕业后,分在各处的同学仍然习惯通过书信来表达和维系同窗之谊!可是,有一天这种格局被新的“闯入者”打破。电话,来到了我们身边,普及得进入了寻常百姓家。几个数字一按,双方的声音即刻互传耳际。书信,真的变得不再那么重要,也渐渐写得少了。就算逢到特别的日子,也只是收寄一些写有寥寥几字的贺卡略表寸心。于是,快节奏的工作生活,成了人们不再写信的最好“注释”。

接下来,一种更便捷的交流工具“手机”出现。使用手机成了一种时尚和需要,它迅速席卷了人们的生活,在任何一个角落,只要你愿意让别人找到,随时都可以!手机短信,也似“一夜吹得梨花开”般地飞满天。正当人们应接不暇、感叹科技发展之快时,网络又以迅雷不及掩耳之势,把人们引进其中。工作中离不开网,工作外离不开网。不少十来岁的孩子,他们敲打键盘和点击鼠标的熟练程度,让成人都自叹不如。人与人的交流方式更加多姿多彩,有事没事可以在网上说一说,可以发个“伊妹儿”,发贺卡、点歌、说说知心话。真可谓音像具备,速度之快可用分秒计算。因而,书信交流变得日益稀少也在情理之中了。

时代的脚步催人向前。家书万金,信笺传情的日子渐渐成为过往。在这以“快”为荣的今天,心中有一种默念和期许。渴望流动的是岁月,变迁的是形式,永远不老的是人间真情真爱。且让我们将信笺上散发出的那缕芳香,悄悄地珍藏于心灵的某一个角落吧。

2006.05

跌跌撞撞的青春

青春，最难忘的人生印记。回眸处，不说无奈，只言芳华。立秋时日，整理文字，重拾时光。岁月悠悠，初心依然。

——题记

离家求学，芳龄十五，正值花季。一个乡村丫头，不情愿的，接受着命运的安排，走进中专校园。四年，一个拐点，人生一个重要拐点。不管与初衷是否合拍，没有退路，唯有背起行囊出发。

青春，有人精彩，有人黯淡。我的青春，很迷茫。谁的青春不迷惘？谁说的，不记得了。迷茫中，难免虚掷光阴。不愿回首，害怕回首。每次触及，一些难言之酸涩，仍会潮湿封存的箱底。譬如爱，譬如苦，也譬如学业与友谊。

花季，含羞。雨季，多情。惦记一个人，更多的，是惦记着梦幻中的爱情。喜欢一个人，却说不清究竟喜欢对方什么。不对的时间，遇上不对的人。不对的时间，遇上对的人。结果一样，镜中花，水中月。记得一位老师说，“你们啊，这个年龄，小猫小狗的感情。”多有趣的表达。课堂上的我，一下子笑出了声。这一幕，几十年后，还记忆犹新。

然而。花季，花开自不知；雨季，雨落浑不觉。一群少男少女，深一脚浅一脚，与春天一起奔跑。果林。田野。公园。偷偷约会的小恋人，做贼似的提防老师班干部。可笑的，有人既为猎手也当偷。窗内，学业枯燥。窗外，柳绿花红。青春，一本青涩懵懂的账本。

不懂情为何物，情，自然发生。不能谈爱的年纪，爱，也萌芽。这样的爱情，脆弱，或许算不上爱情。这样的感情，也许才是纯粹的感情。江湖尚远，世俗未深。

尘封。尘封一些心思。尘封一些过往。尘封一些情感。并非所有的故事，都可以用文字表达。例如一见倾心的邂逅，围城内外的彷徨，年轻看不懂的夜的黑。

2017.09

守心如玉

年轻时候，在生活细节方面，我可能算是个“计较”的人。譬如容不得乱扔的脏袜子，饭后不刷牙，洗脸池上有头发，用过马桶忘记冲水，诸如此类等等。也有大多女人易患的通病，逢到所谓的这节那节纪念日时段，渴望能被惦记，希冀有一份浪漫的惊喜。

虽生长在农村，可能上了几年学堂，加之性格使然，脑子里总会冒出些“小资”的念头。生活不易，理想化的毛病却难改。过了不惑之年，宁愿独自咀嚼“深院静，小庭空，断续寒砧断续风”。守着“无奈夜长人不寐，数声和月到帘栊”的寂寥，也消受不住外面世界的喧嚣浮华。常让一起生活的人，感觉不可思议。日久天长，也衍生成“志不同道不合”无法过日子的理由。面对轰然倒塌的婚姻城堡，无助迷茫。反复舔着撕裂的疼痛。那句“女子无才便是德，叫你往东别往西”，掷地有声，一直在我的世界冲撞。

一位朋友闲聊说道，世人成功的无非只占百分之十多些，有百分之八十都是不成功的，你我都属百分之八十中的，但不成功不等于就是失败。这话我赞同。人到四十，还不知道自己是什么样的人，那才是失败的。我赞同。四十过后，明白自己需要什么，做什么样的人，才是最重要的。我亦赞同。

社会日新，挡不住匆忙前行的脚步。如今生活多样，思想多元。当代年轻人对是否童男处女不再过多关心，甚至有一种论调用是否处子来衡量有无魅力，或笑话不谙风情的大龄“剩男剩女”。时代发展，观念也大不同呢！常有一种莫名的失败感，感觉步履蹒跚，适应不了这个眼花缭乱的世界。那种“酒未到，先成泪”的深情，总被浮华抛却，活得着急的人似乎越来越多。守身如玉，也已经成就不了什么佳话。

话说回来，万事都有两面性。开放与保守亦各有优劣，一味钻牛角尖，把自己抵进死胡同是不对的。先贤说，“从极迷处识迷，则到处醒；将难放怀一放，则万境宽。”社会不会因一两个人而改变什么，那么，我们只能学着适应。究竟过怎样的日子，大可随心而定。事业，生活，理皆如此。人在江湖，身不由己，多是生存和协作的需要。而守住心的方向方为初心，才能成全做想要的自己。

朋友笑言，这个喧闹的社会，莲还守心如玉！我微笑，不语。若能守心如玉，倒也自得。喜欢不时地放慢脚步，聆听自己的声音。为何来，何处去？且听从心的呼唤。

夜　晚

白天，风一阵紧似一紧地刮着。此时，风，似乎也累了。终于，慢慢缓了下来。

索性关了灯，关了电脑，在床上躺着。小区的路灯，隔着玻璃透过窗帷照进屋子，斑驳的光反射在天花板上，让屋里不再黑乎乎的。光有时变得亮起来，那是小区里有车辆进出的缘故。

窝在床上，安静，浮躁。安静，浮躁。反反复复。想着远方的女儿，老单，还有那些说亲不亲说疏不疏的人。熟悉的，不甚熟悉的。曾经的同学，同事，老师，还有那些在我生活中留下足迹的一群人。好多事情，就是在类似这样独自发呆的夜晚，琢磨透了。前想三百年，后想三百年，把我左右摇摆的爱恨情怨抹光了。抹去。再涂。再抹。让记忆在碾转反侧中睡去。淡然，这是最真实的自己。因为，没有什么值得看不透的，也没有什么都需要看透的。

当有人问你“幸福吗”？哪怕没有拿着话筒对着你，你都会觉得好笑。幸福，一个抽象的概念，一种感觉而已。可能上一秒你还幸福着，此一秒就未必幸福。今天是幸福的，明天说不定就会有啥不幸福的事发生。就像此时，独自待着。安静自在，没人打扰，就是幸福。可这种安静，久了，难免有一种孤单寂寞袭击，又会觉得不幸福。世事皆有两面，没有绝对的好与坏。选择了一条路，就得放弃另一条。每一条路上风景各异，都会有令你快乐与不快乐的东西。于是乎，我们都是有时幸福着，有时不幸福；有时开心着，有时烦恼着；有时笑，有时难免要哭。

想着想着，困意就上来了。现在很少失眠，过了十点半，就想睡了。你别说，人的生物钟还真挺奇怪的，甚至准得有些邪乎！有位关系要好的同事开玩笑说，你这个傻子，不知道愁心事。我笑说，愁有什么用？怎么过，都是一天。

独自待着的夜晚，学会了“刷新”。

2014.6.13

情无定式

有人说，问世间情为何物？直叫人生死相许。

我看，世间因有情则顿生烦恼。

情近了，胆怯。情远了，心慌。

红尘男女，能脱俗的有几？相爱的，朝暮相对，牙齿还会碰着舌头。锅碗刀叉交响曲，煎炸烹煮轮流上。或淡或浓，或咸或甜，酸苦皆为其中味。

也说，距离产生美。可那日复一日的孤寂，也会在某一日高温中发酵，也或在低温中沉眠。

活着，就会有些期许，这是走下去的理由，或谓希望。活着，就想抓住青春，这是为悦己者而“挣扎”。

有人说，相濡以沫不如相忘于江湖。

有情，才能濡沫；有情，方能相忘江湖。

这一生，红尘相逢。或怦然心动，或一见钟情，或日久生情，或恨不相逢嫁娶时。没有生死相许，谁解个中“情”义。

雨

近期小城“双创”，不分早晚超常规忙碌了一周，暂算告一段落。上紧的发条一下松弛，竟然在七想八想的心思中进入深睡眠。雨打玻璃，噼噼啪啪，将我从沉睡中叫醒。

立秋过后，天气由炎热日趋凉爽。我的小城，“早晚凉”天气非常明显。午后这场雨，也少了夏雨的暴与急。这应算是今年的第一场秋雨吧！前几天，曾有过几点雨花飘落，那不能称为真正意义上的雨，充其量似几滴错落的泪珠。

隔窗相望，小区门外的水沟，一下子“水汪汪”起来。空气中弥漫着湿润和泥土气息，路旁的树木花草，田野里的成片庄稼，都在享受着夏末秋初的丝丝清凉。在风的吹拂下，看上去，一切比雨前变得精神很多。

我的文字中不止一次出现过雨，或飘飘洒洒，或缠缠绕绕。如酥的，绵柔的，萧瑟的。我也一直在回避狂暴的雨。每个人的流年过往，可谓“雨打芭蕉，各闻其声”。而我，最害怕电闪雷鸣的暴雨天气，孩时起就这样，今生好像是一种无法治愈的“魔怔”。

想起上初中那会，在乡镇学校住堂就读。逢雷暴雨天气，上课也是心神不宁，总害怕家里的土墙草屋会被风雨摧倒。雨一停，我就设法编出理由向老师请假回家。一路奔跑，直到跨进家门。看到爹娘安好，房子也好端端的，整个人才踏实放松下来。

之后的日子，我的小家不管是一个人、两人或三人。仍然害怕这样的天气，尤其是狂风骤雨的夜晚。独自面对这样的夜晚，所有的委屈在电闪雷鸣中更加不知所措；所有的泪水都会被狂风暴雨浸透淹没；所有伪装的坚强，在此时此刻都会不堪一击。与女儿相依为命的时光，同样害怕雷暴雨的自己还要打起十二分精神，哄护着女儿让她别怕，哪怕我俩一起挤在床上用被子蒙住头。

2000 年夏末，突如其来的“8.30”水灾置小城于一片汪洋。两夜两天，家里断电断水断粮。女儿的爸爸，忙着处理单位的事情以及所有职工家的安置。而我和女儿守着无助的家，我一次又一次用盆伸出阳台接倾泻而下的雨水，作为临时用水。那一刻，似乎顾不上害怕，因担心和淋雨体温却升高了。

当暴雨停了，去单位涉水往返后，自己由低烧噌地升至 39 度多。这时，女儿扁桃体也开始发炎。我俩都躺进被大水浸湿的中医院病床上，打起点滴。到医院时我已出现抽搐，刚挂上水后，一家之主的他便匆匆离去投入接待灾后巡查中。那一次，本人连续高烧四天方渐渐退热，接着又拉了几天肚子。后来才知道，我患上低血钾症。2008 年秋天，当我又一次累倒在忙碌的艺术周工作现场，被送至县医院抢救时，再次得到证实。

回望走过的岁月，自己所遭遇最猛烈的莫过于 2003 年春节前后闪电般的“离婚雨”，它足足淹没之前对人生的所有信念。当我冲出法院骑上木兰车跌跌撞撞狂奔回家，一切的一切，如飓风席卷。那一幕再不愿想起，却又清晰如昨。无数个日子，撕撕缝缝的伤口，常常在风雨交加的难眠之夜，独自抓扯舔血。倘若不是女儿支撑着我，可能早已葬身于那场始料未及的暴风雨中。

当自己真的病倒了，昏迷了，又被救醒了。当全麻醉在手术台上，无知无觉，一切未知。那些狂风暴雨算得了什么呢？慢慢的，也就能体会“放下名利是小悟，看透生死乃大透”之真意。

每到夏季，雷雨天气频繁。虽不像以前那般害怕，但终是不喜欢。相对而言，我偏爱秋雨，最爱深秋时节来得不紧不慢下得绵绵缠缠的雨。置身其中，静静享受天地自然。无关未来，亦于思念怀想无关。

向幸福弯腰

幸福是什么？什么是幸福？一百人定会有一百种答案，甚至更多。一个人，不同的时间，不同的地点，对幸福都会有不同的理解。

渴了，有一杯水就是幸福。饿了，有一块面包就是幸福。病了，觉得健康就是幸福。天灾人祸时，能活着就是幸福。

有爹娘疼的孩子是幸福，有孩子孝敬的父母是幸福。家庭和睦是幸福，社会安定是幸福。被人爱着是幸福，被人需要是幸福。让人快乐是幸福，自己快乐是幸福。

平平淡淡，一生安康是幸福。

没有人会不喜欢幸福，没有人会不渴望幸福，更没有人会拒绝幸福。

幸福到底是什么？仁者见仁，智者见智。往往只可意会，无法言传。常常像雾中花，让人看不清楚。幸福，会忽悠人，显得缥缈难以捕捉。当幸福来到身边，不经意间就会被忽略。我们习惯于喜欢抬高自己的头，向远处寻找。

清高，是人类的通病。往往身在福中不知福，才会使幸福与自己失之交臂。当幸福擦肩相向，我们愣是不知道去拥抱它。那个叫幸福的东西，从我们的指尖滑落，滑向地面，也不知道弯一下腰，低头去捡起，或者说不屑于去捡起。

国人一直以挺直腰杆走路为标准，对稍微弯腰都不能苟同。其实，有时候人稍微弯腰是一种礼节，一种风度，一种谦卑的姿态。人，谦卑一点，没啥不好。相对宇宙而言，人本身就是卑微的，又有什么好夜郎自大的呢？

我想，幸福在哪个时代都不缺少。

只是当幸福来到时，一定要学会弯腰。谦卑地接福，纳福，惜福。那样，我们定会拥有更多的幸福。

2011 年 4 月 11 日

行走在秋季

与秋的缘分深，偏爱秋，常常溢于言表。

走进秋季，心就会慢慢地安静下来。或许夏的炎热，烤焦我疲惫的身心，唯有秋能轻轻地抚慰。秋雨，一场，又一场。甭管它来得是否是时候，也别问它下得是否得体，不经意间淋湿凉爽的夜。

秋季，收获着，也失去着。当我们将果实摘取，枝叶也渐渐枯萎坠落。人生的得失也一样，没有清晰的界限。佛语有云，有就是无，无就是有。天地万物，冬去春来，周而复始，你中有我，我中有他。前生，我可能是一只羊、一只蚂蚁，也可能是一棵草、一片树叶、一朵小花。而那只苹果、桃子，或者天上飘着的那朵云、落下的小雨滴，说不准就成了来世的你我。

或许，你也常常会笑话别人的无知傻冒，以为自己了不起，心比天高。其实，在天地间，人渺小如蝼蚁。人生如白驹过隙，弹指一挥间。时间从我们指缝中游走，从未犹豫过。昨天和今天决不重样，秋的味道，一年一年也决不会重复。年少时，常为赋新诗强说愁。现如今，遍尝愁滋味，却道天凉好个秋！

我们从爱一个人，学会爱一群人。爱，让我们长大，却阻止不了我们变老，更阻止不了生离死别。当我们举起酒杯时，就知道该喝下杯中的酒。世上没有不散的宴席,谢幕只是时间迟早的事。相聚,是一种缘分;分别,是一种无奈。而分分合合,聚聚散散,乃是人生的一种常态。

一部《红楼梦》,让人多少喜欢多少痴。就算如宝玉所说,男儿为泥捏女儿似水做。泥水相揉,打碎了,也终不见昔日的泥和水。这就是生活吧!不免掩卷空叹。赏宝钗的雍容大方,嗔黛玉的伶俐清傲。或许,你会觉得林妹妹葬花是一种矫情,而我想说,那是黛玉对人生的一种透悟。

善待年轻

又是一个十年。女儿从东南大学毕业后，走上工作岗位已第三个年头。初涉社会的酸甜苦辣，不时牵绊我做母亲的心。我的身边，有一群与女儿年龄相仿的同事，看着他们成长，就像看自己孩子一般欣慰。

——题记

光阴荏苒。不经意间，家有小女初长成，自己也步入不惑之年。偶尔梳理走过的日子，那些曾经相遇的人，那些若远若近的旧事，最愿意让其滞留在记忆长河中的，还是年少时光。年少时的纯真、热情、活力；年少时的敢想、敢闯、敢做；年少时的争强好胜决不服输；年少时的棱角、直率、眼中揉不得沙子；还有年少时的幼稚、青涩、莽撞和轻狂。年少时，总盼望快快长大，曾不止一次“为赋新词强说愁”。而如今，年少的自己已淹没在红尘深处，蓦然回首灯火阑珊，只觉年轻真好！

想到孩提时贪玩种种，也曾逃学溜课，在课堂上偷看闲书，同学间争吵怄气……不禁哑然失笑。喜欢嬉闹玩耍，乃孩子天性使然。于是，陪伴女儿的青葱岁月，爱孩子的心难免就多出一份柔软，努力把“望女成凤”的期盼，化为“严而有度、爱而不溺”的理解。学着做合格的母亲，用心去呵护和温暖女儿的花季雨季。

看着一批又一批年轻人步上社会，也会想起刚参加工作的自己，那确是充满激情活力的年龄。对什么都充满好奇，做什么又不甘示后，就连朋友们一块喝酒也会争个胜负高低。我想，有棱有角是个人性格，而不服输却是年轻共有的一种特质。如果，一个人一辈子都没体验过“不服输”，那就好似没真正年轻过一样。

年轻意味着青春勃勃，满满的朝气，灵动率真，是创造世界最活跃的因素。因为年轻，他们似初生牛犊敏捷、奔放、张扬。当然，也难免毛躁鲁莽。年轻人，往往感性多于理性，可能不谙“逢人只说三分话”的世故，有的是待人遇事抛出一片心的坦诚。也正因为年轻，少经风雨，有时显得稚嫩脆弱，更容易受伤。

我们都曾年轻，那就让我们善待年轻吧！既欣赏年轻人的率真，也接纳他们的生涩；既欣赏年轻人的活力奔放，也接纳他们的张扬多姿。对待身边的年轻人，尽量少指责多引导、少苛求多宽容、少打击多呵护。

愿我们的心与青春同在，与年轻共鸣，与时代共舞！

2007.12

闲话穿衣

小时候在农村老家，关于穿衣有这样两段顺口溜:“大穿新，二穿旧，三穿破衲头”;“新三年，旧三年，缝缝补补又三年。”在经济不富足的年代，这是老家人对穿着较为贴切的写照。我在家排行老七，要想穿上一件新衣，可见是多么的难噢!

记忆里，那是上小学一年级的夏天，在阜宁师范上学的大姐省吃俭用给我买了一块花布，经二姐土裁缝的手做了一条裙子。我高兴得乐开了花，真是一辈子也忘不了！穿着上学就不舍得脱下，一条花裙子伴我度过一个小学时代。1987 年夏天，走上工作岗位的第一个月，领到 33 元的薪水。如何合理支配好这笔钱，着实动了不少脑筋呢。让女孩子在吃和穿二者间作出选择，多数人会为穿得好点，情愿吃得差点。于是，精打细算买下一条牛仔裤。

那时候，小县城还没有像样的服装市场，衣服品种样式可供挑选的余地很小。没想到某一天，事情发生了大变化。县城街市突然冒出一家家专职卖服装的店铺，各色各样衣服让人眼花缭乱。俗话说，人靠衣服马靠鞍，的确有道理。因可选择的服装多了，走在路上的小伙子也时髦帅气起来，姑娘越发妩媚俏丽。近几年来，各种精品专卖店接二连三诞生，像梦特娇、苹果、鳄鱼、花花公子、红豆等品牌如雨后春笋般出现,满足了中高层次消费者的需求。

不知不觉中,家里的衣柜越来越满。一家三口人,各占一方,春衣夏装秋衫冬袄一应俱全。每逢季节更替,整理一遍衣柜,也要花上好几个小时。而看到新款上市,还不免心动。结果是新衣买来了,原来的衣服也不旧,衣柜可接纳的空间自然变得小了。为此,没少挨父母亲的唠叨,说好好的衣服一年没看穿几回,又往家里买,真不会过日子。

前几年,我们家还会把一些旧衣服带给农村的亲戚。现在,农民的日子一天好似一天,他们也不稀罕这些。村里有不少姑娘小伙子,穿衣时尚着呢,一点不比城里人差。再说我的女儿吧,从出生到现在,压根儿就没有为想要一件新衣而为难烦恼。五彩缤纷的童装,看了就心花怒放,穿在自己孩子身上更觉美上加美。

天天快乐

晨起，沐浴更衣。半杯红酒，一碗青菜鸡蛋面，开启今天的好心情。

今年，我和女儿的本命年，这个生日就显得有些特别。记得三十岁那年，好像认真过了生日。当时，有老张、马红、刘冬和我，四人同岁，一起欢聚庆生。从那以后，不再过生日。女人嘛，害怕别人提起年龄，故不想在此事上张扬。其实，过与不过年龄一样都在那摆着。掩耳盗铃，也算人生的一种乐趣吧。

岁月流逝，仍然渴望自己如花一朵，当然绝不想当“黄花”，总喜欢抓住容颜的尾巴乱扯。不管有意还是无意，有一种潜在的蠢蠢欲动。以至爱美女人，不惜抽脂割肉丰胸垫啥啥的。素面朝天的女人，不施粉黛虽然省却好多事情，但有时候素得不够精神，也觉对不住“观众”。一个人习惯了不化妆，再想改变很难。

雨，下了一天。冬的节奏猛地加快。气象预报，明天降温，大风将至。不过，此时的我，心暖暖的。从昨晚开始，陆陆续续收到领导、同事、亲人和朋友的祝福。很感动，很享受这份温馨，向各位轻轻地道一声：“谢谢，爱你们！”工作之旅只是生命的一个阶段，生活才是一生要修炼的功课。感谢生命中遇见的所有美好，我会将每一份温暖和祝福好好珍藏。

前几日，读到于丹说的一段话，很有同感。“人的年岁越是增长，就越需要一种温暖，需要生命年华中的浪漫，让我们在现实的纠葛之外找到一种挣脱地心引力的力量。”

身为红尘人，终染红尘事。既不能免俗，允许我借用最敬重之人送来的祝福语：“有生的日子天天快乐！”与生命中一路同行的至亲挚爱共勉。

2016.12.13

婚姻的门当户对

多年来，一直天真地认为，只要拥有爱情就等于有了一切，当然也包括婚姻。岁月老去，慢慢咀嚼，方悟出别样滋味，切不可将爱情与婚姻混为一码事。

曾经，心中充满爱情的梦想，甚至是幻想。为爱情，可以奋不顾身，不计较任何其他。尤其女孩子，不管对方是富家公子还是寒门小子，也不问他是否蹲过局子还是无业游民。一旦坠入爱情之网，哪管东南西北风，大脑基本处于真空停顿状，智商也接近零。

爱就爱了呗，爱是俩人的感觉，或者说只是某一人的感觉！而婚姻则不同。婚姻，绝不是两个人的事。婚姻关乎两个家庭，甚至两个家族，联姻乃是小社会的缩影。有爱情的婚姻，固然好事，可喜可贺，但婚姻中更多的是柴米油盐。日子重在过，往往过的就是斤斤计较，这与爱情的不计较正好相反。

问题来了，光有爱情还不行。爱情一旦与尘世相碰，接下来就探讨非她莫娶非他不嫁的事情。在别人眼里，再怎样的不登对，也于事无补。如果父母不同意，就上演离家出走、断绝关系等今古不衰之戏。

俗话说得好，当局者迷，旁观者清。很是。父母都希望自己的孩子能有幸福，不少家长之所以不同意子女的婚事，理由多是觉得双方门不当户不对，绝无恶意。

我是这样理解门当户对的，即双方家庭情况基本相平，包括所处阶层、经济收入、生活习性、就业氛围等等。窃以为，如果婚姻能门当户对，至少有这样一些好处：

双方心理上的平等。亲身经历表明，心理平等在婚姻家庭中尤其重要，当然，这种平等很多时候建立于门当户对基础之上的。有了平等，过日子才没有委屈感，也容易正常交流沟通，彼此家长亲戚往来走动显得自如。若一方门槛较高，另一方潜在的自卑就会冒出来。婚姻中，一旦有不自信，日久天长，容易影响到一生的婚姻质量。

有利于尽早融合。婚前，男女双方以前生活环境的大同小异，对日后的共同生活有利。如果差异过大，磨合起来相对困难。一个出生山沟里的孩子，他所看到的接触到的养成的一些生活习性，与自小生活在城市里的孩子会有很大区别。恋爱中，都可忽略不计，结婚成家就不一样了。一起过日子，在生活理念、卫生习惯、消费层次上，都需要很大耐性的磨合。一方认为很正常的事情，对方可能会很不理解，甚至误会。在处理双方长辈人情来往事务上，亦会碰到不少麻烦和纠结。

婚姻更能长久牢固。有了平等，有了交流，也就有相互扶持的基础。遇事，两个人、两个大家庭都能坐下来好好协商沟通。爱情可能浪漫似昙花，而婚姻得像菊，必须经得住风霜之考验。

经典的门当户对当数官官相对，平民对百姓。官宦对商贾也不错呀！大学教授对某某工程师家，包工头对某某小科长家，下岗职工对某某农民家，不一而足。看到此，你可能很生气，或许还会骂人。人生实践之，糠箩到米箩，少了维生素，多发脚气，奇痒。米箩到糠箩，少了蛋白质，没劲。人的生活环境大变，一生可能都无法适应。

不要紧张，凡事皆有例外。有穷人家的女孩子，在望女成凤的叮咛中进入灯红酒绿的城市，飞上枝头成为官宦商贾宠物；也有贫寒人家的子弟随嫁富家女，后与那个穷爹娘再没有多少关系（可以适当寄点钱，家人一定得少往城里来）。当然，这些例外，也会有例外的幸福。不过，吾不喜欢类似此等生存模式。

王子迎娶灰姑娘，公主下嫁穷书生，乃千古佳话，更是爱情神话。谁懂嫁娶以后的事，无人追究，无从知晓。我思忖，设想鹤立鸡群者，鹤清高孤独，鸡愤懑嫉妒，于是群排斥之；鸡居凤巢者，鸡自卑孤独，凤冷嘲热讽，结果群排斥之。故物以类聚，人以群分。长久孤独，易忧郁而死。

或许，婚姻的门当户对并非封建残余，真乃古人智慧之结晶。有道理，可借鉴。

2010.6.24

手心里的温柔

最近，母亲的身体状况越来越不好。看着老人日夜疼痛叫喊，却无能为力，甚是心痛。

母亲生了我们，养了我们，一生操劳。父亲一直体弱，腰不好，不能负重。从年轻时起，重活累活基本压在母亲的肩上。到了晚年，母亲患上糖尿病、脑梗。吃药打针十几年，后期还失语，无法表达自己的感觉。都说上帝是公平的。在这件事上，我觉得上帝真的不公平，为何让我母亲遭这样的罪。这样的时候，恕我对“好人好报”持怀疑态度。

我一直喜欢拉着女儿的手。牵着她的手，传递着情感，温柔，温馨，温暖。零乱的记忆中，就是想不起自己小时候被母亲牵手的情景。可能因为兄妹多，抑或是母亲太忙。母亲的双手，需要料理忙活的事情实在太多。家里。地里。队里。起早贪黑忙不完的活，很难有闲时。推车子，担水担粪，拐磨，碾柴，做饭，喂牲口，不一而足。哪怕我们都已钻进被窝，母亲还在油灯下，为一家人缝缝补补，做衣纳鞋。母亲的手操持着一大家的艰辛，奉上所有的温暖。

这两年，母亲失去了语言和走路能力，需要儿女们照顾生活。母亲右半边身子，肿胀半瘫，右手也时好时坏。我们也不时给母亲捏和按摩，稍微缓解不适。每当我为她洗头擦澡喂饭的时候，她左手一直很配合，尽量自己拿药端碗。拉着母亲的手，擦洗，剪指甲，按摩。她，就会很开心。

或许不久，我将要失去母亲了。这个念头裹挟着悲凉，一下子从心头涌遍全身。我知道，这一天，迟早会来。可我，仍然很害怕。

2013.10.16

以直报怨

今年春天，似乎来去匆忙。一直在冬衣的反复呵护下，应对着“倒春寒”。接着，还未充分领略风和日丽之春，就迎来了初夏之热。

天慢慢地暖和了，而心还纠结在玉树地震的影像中，缓不过气来。2008 年的中国，五月汶川大难，八月奥运盛典。那一年，中国经历了大悲大喜。2010 年，四月玉树大灾，上海世博盛典。人们又经历着大悲大喜。天地自然，在不断地考验着世人的意志和毅力。

人生难过百，光阴如梭。一声啼哭面对这个世界，注定要在悲欢离合中走过。七灾八难，随时于我们身边穿梭，每一个人都不知道自己明天会怎样。或许，你会说这纯粹是一种悲观论调。如果细想，难道不是如此吗？国人多习惯听好话，不太喜欢实话实说。当汶川上万魂灵还没完全安顿，玉树又逢大劫。大难来临时，黄泉路上不分老幼，恩怨情仇瞬间消散在苍天厚土间。我，只能在心中无数次地默念，愿死者安息，生者珍重。

活着，就是一种美好。我们活着，还去斤斤计较什么呢？前些日子，一位有两面之缘的长辈说，孩子呀，从面相上看，你就是个菩萨心肠，善良直爽之人。我一笑，算作答。他又说，你虽为一女子，心胸大，不是一般的大，如大海，不可测。委屈和苦都自己化解，不多言。我还是一笑，算作答。我知道，他所说的八九不离十。

以德报德，多数人都能理解。自古有训，滴水之恩当涌泉相报。别人对自己的好，一辈子都不敢忘，也不能忘，这是从小就接受的道理。而以直报怨，人们不一定能理解，做起来也会困难。年轻气盛，以牙还牙之事常有发生。不是还有一句话，人不犯我我不犯人，人若犯我也不会等闲视之。流年渐沉，悲欢离合见得多了。痛过，苦过，再多的委屈也都装过了。肚子虽不及宰相撑船般大，相比年轻时大得多呢。若以怨报怨，自己与对方相比又有何异？再说，"怨怨"相报何时了。人生苦短，时间浪费于无益之事，实在不值。

以德报德，以直报怨。我非圣人，也非大丈夫，只是小女子。孔圣人虽说过"唯女子小人难养也"，让我很不乐意。但他的"以德报德，以直报怨"，道理明，能认同，也会一直践行之。这么做不因为别人，而是自己愿意。

四十岁以后的人生，只想做好我自己。

2010.5.03

一个巴掌拍不响

从人生的低谷里，慢慢地挣扎，看明白些世态炎凉，看淡着风花雪月。痛，曾如刀绞。心，被撕裂成无数碎片。想过死，却没有勇气。放不下女儿，她是我生命的延续。尽管被折磨得神经兮兮，总算从打击中支撑过来。当婚姻不存在时，孩子没有错。

“把女儿带好，就是你最大的财富。”这是我的上司，孟老当时嘱咐我的话。我认真地听进心里，照着去做。这些年来，不管付出多少，都心甘情愿。如今，女儿亭亭玉立，秀外慧中。除了有些娇懒外，还算是个明事理的孩子。听了孟老的话，大概是我今生做得最对的一件事。每每想起这位昔日的领导，他曾于风雨之中为我悄悄地递过一把伞，铭记于心没齿难忘。

当然，还有一些好友，也一如既往地关注我。为我这个所谓的人才惋惜，甚至无法接受我目前的一些人生理念，毫不掩饰表达对我境况的可怜（或同情），这倒让我心里不太舒服。婚姻的差强人意，与仕途的擦肩……在多数人眼里，注定我为“杯具”人物。其实，这些都过去了。

有些东西基因中就没有，有些事情天生就不擅长，怎么强求也求不来，譬如说仕途就是这样，像范进中举，求得何益？再说，不是人人都能吃上葡萄的。通俗说，即祖坟上没长那棵草。如果真能谋上一官半职，又想做清明的好官。就本人的个性和体质，最多也就落个英年早逝。像现在这样，倒是老天怜己，让我多些时光在红尘中静修余生呢！

至于婚姻，那倒是女人应修的功课。曾经的年轻气盛，曾经的不知轻重，曾经的不懂经营，让自己的人生变得南辕北辙。当一个家庭的解体，铁证了“一个巴掌拍不响”的道理，甚至是一桩婚姻涉及的多个巴掌在拍，拍得轰轰作响。拍得，不可收拾。

时间，一天天，一年年，过去了。不经意间，总会反复地咀嚼着一些人和事。渐渐地学会了取舍，学会了不恨。平静地对待各色的人，各色的事。在别人的眼里，为何觉得我可怜呢？我选择的生活方式，真的有那么不值得认同吗？或许，这个社会有太多自以为是的人。就像我年轻时那样。

我真的很好，谢费心，免打扰。我喜欢，自然地活着。

忘却的记忆

好长时间，不能写一些连贯的文字。脑子常处于断档状态，哪怕是独自待着的夜晚。

光阴似箭。孩时写作文时，经常不知所以然地套用这个词。不经意间，人生已过半。都说好日子过得快，坏日子难挨。其实，好日子是一天，坏日子也是二十四小时，对谁都一样。

青春不在，年少远离。过去，只是一堆拼不完整的图画。

翻来覆去，也就那么点事。越想忘记，却偏偏忘不掉。迷失在围城内外，困顿不已。十年间，自认为一直扛得不错，实仍然懦弱。无法与过去决裂，也不敢再去冒险未来。

曾经以泪洗面，感觉天塌地陷。结果，天还是天，我却不再是那个我。曾经笑对挫败，暗自疗伤。结果，心伤绝不会复原，不时会隐隐作痛。曾经很清高地认为，谁离开谁都会活得好好的。结果，谁离开谁都在活着，好不好已经没有考究的价值。夫妻分手，没有血缘，在电视剧中仍可做朋友，现实中多成路人。当今时代，你会花时间去关心一个路人是否过得好吗？那不是吃饱撑的，就是脑子积水。

执子之手，未必就能偕老。一直扪心自问，智商不错，情商不高。自己到底想要什么？想怎么活着？这几十年为谁在活，值得吗？甚至想，如果有一天，我突然死了，将葬于何处？

独自发呆的夜晚，一个，又一个。或冷清，或寂寞，或淡然。也想过放弃，那，只是一瞬间。因为，家庭的解体已伤害了女儿，绝不能让她雪上加霜。与其说，我支撑她慢慢长大，不如说她支撑我活着，认认真真地活着。因为女儿，找不出糟践自己或游戏人生的理由，也无法有勇气再一次跨进围城。

我累吗？挺累的。但，还得活着。那一段支离破碎的日子，已撕裂了五脏六腑。好长时间，不会哭，不会笑。起初为了女儿，我得笑，哪怕是装的。后来，我真的又会流泪了，因为伤心，也因为高兴。

曾经活着。曾经死过。如今，我还活着，都是偷来的“来生”，没啥借口不认真地活着。

2011 年 7 月

自言自语

亲爱的，在这很少用书信交流的年代，在这充斥着“末日”流言的2012年末，想静下心来，陪你说说话。

按理说，你该是一个无神论者，知道有今生，也未知是否有来世。你当然不相信，再过两天就是世界末日，但，你也想和自己的亲人一起，度过1220(要爱爱你)嘛！不过，这只是一个奢望。这天，孩子都在大学上课，他也有自己的事忙碌，你自己也得上班。那么，就在这一天，给所有的亲人打个电话吧！

用女儿的话来说，亲爱的，你是个完美主义者。为别人想得太多，自己过得很累。怎么说呢？人来到世上，总有太多的烦心琐事。在心中，都有一根做人做事的底线。对你而言，爱上一个人难，恨一个爱过的人更难。那就淡忘吧！女儿曾认真地问，“你真的把我们小时候三人生活的情景忘啦，真的假的呀?”其实，你自己明白，答案“半真半假”。

女儿过完二十岁生日。昔日那些陈芝麻烂谷子的事，于你已没多少实在意义。日子，一天天的过去，往事如过眼烟云。不管你是否愿意面对，那个和你共同生活了十多年的人，早已属于另一个家庭，是另一个女人的男人，在这世上又多出一个和女儿一起叫爸爸的男孩。你说，你应该失望还是伤感或是其他？算了吧，不管心有多纠结，这些都与你现在的生活无关。岁数一年一年地增加，记忆力却在一日一日地下降。有些东西记不起来，也是一件好事。女儿对你说过，当然也有其他什么人也说过，爱的反面不是恨而是遗忘。

大雪那天，好久不喝酒的你，与友小聚，喝下二两多白酒。1213那天，女儿发来生日祝福的短信。在西方，1213不是一个吉祥的数字。不然，几十万同胞也不会在这一天惨遭杀害。死生同体，这种悲惨影响着这座古都，怎会轻易抹去？就在这一天，你来到了这个世界。注定，快乐和痛苦同行。

亲爱的，你一直走在自己的路上，为多个别人活着，这个所谓的别人就是还令你牵挂的人。你有怨无悔地活着，哪怕世界末日真的来临。你也想给自己放假，有好多想去的地方还没有去，想独自走世界看风景的梦还没有成真。无奈俗事太多，你仍是俗人一个，老老小小，哪一个都无法从生活中放下。

爱情，于你这个年龄渐行渐远。哪怕有一夜情的机会，激情和冲动都已停顿。不得不向世界宣布，你已经不再年轻。不管昔日怎样似锦如花，都随流年而逝。弹指间，生命脆弱在分分秒秒间，你说还有什么值得计较呢？你是个小女子，心胸不输于男儿，这大概都缘于爱和不爱。

谁说的？上帝为你关上了一扇门，就会为你推开一扇窗。那就好好珍惜这个世界，过好每一天，不是口头，而是行动。爱你的亲人，也好好地爱你自己吧！深深地拥抱！！

简单的日子

2015年春节，女儿给我买了一部新手机苹果5S。我说，这就是一个奢侈品。女儿说，赶紧学上网，联络起来也方便。不然，太OUT了。于是，女儿为我申请微信号，下载小游戏软件，还教会我用“播客”。有了这些玩意，简单的日子里，多了些打发时间的内容。我尤其钟爱“播客”栏目，各类经典好文，让不习惯用眼睛看喜欢靠耳朵听的自己，受益良多。感谢男女主播们，在熨帖的音乐中伴着磁性的诵读，带来至美的精神享受。

我这个人不算保守，但一定不会追风。年岁日长，进取心倦怠，难免慵懒些。初学上微信，各种所谓的心灵鸡汤、健康养生弄得眼花头昏。耳闻熟悉的不熟悉的，年纪不算大的，突然从这个世界离去，不免悲恸怅然。人生一世，或短或长，有时，还不如草木经年轮回。年轻时，或挣扎于名利，或垂青于所谓的事业。踌躇满志，皆缘于以为有大把的岁月可挥洒。其实，青春也好，感情也罢，都是人生这单程票中的小段而已。道理并不深奥，恍然明了，多已千帆过尽。就算明了，又如何？还有更多的人，陷在不甘心中，期望下一世再如何如何。

简单明了无心无肺之人，大概即我也。爱憎分明不屑隐藏，喜怒于色大大咧咧。这种不随行就市的性格，也着实带来不少磕磕碰碰，却一直不能改之。既然，自古有语“本性难移”，况且我本向善，不改也罢。一路走来，有时候也想，好人不一定就看见好报。相反，往往好人多磨难。不管怎样，凡善恶相遇，终还选择坚信“善恶终有报，只是时机未到”，善念总是占据上风。在有的人眼里，我活脱就是一个“傻”，自己却全然不介意，仍我行我素，偶尔还沾沾自喜。

多年来，习惯或骑着单车或走路，边行边听歌。乐哉。近视眼的我目中无暇顾及他人，不止一次熟人朋友打招呼都“视而没见”，事后提起方得知，真是抱歉，再次声明决非故意。今年，小城的公交车正常运行，我这个“绿色环保单身狗”出行更方便了。乘坐公交出行的好处，除了省钱环保，还能免费听故事看百态呢。我不仇富，也怕穷，不拒绝小康。我理解的小康，吃穿不愁，有一个相对安全的蜗居，更重要的是身心均小康。风雨来了耐寒抗冷，月色如银时心也皎洁。

这个世界可能与你我都有关，而你我于这个世界而言，却无甚要紧。茫茫宇宙，我们只是一粒微尘，不要把自己看得太重。放轻身价，学会为自己减负。我，只想做一个简单的大写的人，拥有一颗简单的妩媚的心。

生一盆火，在寒冬

今日小雪，小城最低温度降至零下。没有寒风助威，天气还算温顺。

棉衣，手套，围巾，都派上了用场，把自己武装起来。女子天生爱漂亮，好像也天生更怕冷。

衣柜里的衣服越来越多，各色毛衣裙子，长短大衣，厚薄棉袄羽绒服……一人的衣服比孩时全家人的衣服还多得多。想起童年的自己，哪有多少衣服可穿，盼到过年如能穿上一件新袄，那心情就别提有多美了。

小时候的冬天，也冷。再冷的天，好像也束缚不住我们的手脚和快乐。在树木、庄稼渐渐萧条的冬季，我就会跟着大人身后扫起落叶，捡拾枯干的树枝，拔起一棵棵棉秆……，这些都是极好的柴禾。特别是在晴好天气，需要积攒成堆成堆的柴禾，留待雨雪天备用。没啥活可忙的时候，就在家前屋后疯跑玩耍。当然，兄弟姐妹间也少不了斗嘴吵架。遇到大雪天，除了不亦乐乎地打雪仗，仍然各自承担着可做的家务活。

冬日乡村，空旷清远。因没有什么遮挡，站在大路河堤，一眼能望到前后村庄。最引我注目难忘的景致，当数喜鹊们在树上垒砌的一个个“窝”，简直“巧夺天工”，实在是妙！在几乎没有多少叶子的树上，鸟儿能拥有一个精致厚实的家过冬，看得我这小人儿心里暖暖痒痒的。现在，偶尔也能看到树上的鹊窝，仍感亲切。

家里兄弟姐妹多，都等着吃饭上学。在那个年代，从小学会劳动，帮着父母干些力所能及的事情是很正常的。那会儿，我最爱跟着母亲后面干各式各样的活计。或许，只有这样才能多出和母亲黏着的机会。像小尾巴一样跟着母亲，似乎热也不觉得，冷也不害怕。

冬天，从外面回到家，最爱钻的是锅屋。柴火烧起，除了满屋饭香，就是格外暖和。天气特别寒冷时，父母亲就会在小小的屋子里生起一盆火。我们把冻僵的小手放在上面边烘边搓，很快缓和舒服起来。围着火盆，把脚翘起搁在火盆沿上，不一会儿脚底暖乎乎的。一边烤着火，父母亲和我们拉拉闲话，整个人都热乎开心。现在，农村已很少用柴火做饭。每次回老家，我仍还“撒娇”般的让堂弟媳用草锅做饭，特有的香味连同孩时的记忆充斥其间。

如今冬天，抵御寒冷早已不算个事，取暖电器各式各样，只要有钱都能买到。电暖煲、电热毯、电暖器、空调，虽看不见明火，却可以把我们烘热。然后，各人习惯扎进自己的世界，抱着手机的，守着电视的，偶尔说上一两句话，也是自认为看到了什么好笑或可气的信息。物质生活确实越来越丰饶，在这不缺吃穿的年代，为什么不时会有“不寒而栗”的事件发生？“江歌”案余波未平，湖南少年杀师案又起。真是太让人心痛！不少舆论直指教育之弊端，可我认为，这些也绝不是一句“中国式教育的悲哀”所能概括的。

寒冷时，我们都需要温暖，渴望得到温暖。温暖来自何方？它，只能来自心底的那份爱和善良。我们每个人心中都该生起这样一盆火，为自己，也为他人。写到此，且借用一段话作为本文结尾吧。

余秋雨老师说:"爱和善良超越一切,又能把一切激活。没有爱和善良,即便是勇敢的理想,也是可怕的;即便是巨大的成功也是自私的。相反,如果以爱和善良为目标,那么文化的精神价值、生活方式和集体人格,全都会因为这个隐秘的光源,而晶莹剔透。"

第二辑

有一种爱

不说思念

人间四月，大地已暖，草长莺飞。春天，以主人的姿态领首万物。阳气，几乎想抵达每一个毛孔。

春风，得意地劲舞。忘形中，裹挟起阵阵尘土，难免让人心生不悦。就像，雾霾中没有心情看花一样。

四月，害怕触碰。踏青与扫墓，矛盾地交织。逝去，活着，在浓浓的春日对话。看不见，摸不着。唯有，无边无际的时空隔阻。

油菜花开始成群的簇拥在一起，婆婆纳也铺满了一地紫色的小花。花香渐浓，草木走青，又是一年春好处。父亲母亲，你处可是春天？

梦中相见，短暂而真切。梦醒了，泪亦无处躲藏。清明时节，仅能用一抔黄土，将掌心体温传递。鸟儿，请为我当一次信使吧！告诉那边的爹娘，世间尚好，来生续缘。

2018 年 4 月

如果有来生

如果有来生，请一定让我们再次结缘，只为今生未报答完的恩情。母亲，我已想好，这一次要赶早趟排在前头。

你喜欢的那只鸟儿，将一枚种子轻轻衔起，悄悄地置于屋外墙角。不久，你会惊喜地发现一棵小树苗破土而出，知道么，那就是我。这时，你正值年少，我已于窗外等你。小树苗在你的注视中，发芽，抽枝，长叶。你开心地为它浇水拔草。

一年，又一年，树儿已高出你很多。树儿长相极普通，你却喜欢的不得了。大家都叫我“洋槐树”，只有你亲切的叫我“槐儿”。暮春初夏，朵朵洁白的花儿相继绽放，清香诱人。蜜蜂亲了我，酿成蜜。你采下我，变成美味。

你喜欢靠着我，说着自己的心思。我习惯了你的体温，你温柔的注视。陪伴，长情的告白。默默倾听你的喜怒哀乐，见证你年轻的过往，分享你爱情的甜蜜。那夜，月色如银，你羞涩地对我说，自己明天就要做新娘子了。而我，这一次用足所有的气力，终于追上你前行的脚步，成功躲进你温润的子宫小屋。

如果有来生，就这样说定了，母亲，我要成为你的第一个孩子。你希望生儿子就是儿子，想生女儿就是女儿，只要你开心就成。早早相遇，继续今世未尽的母子情缘。我想，愿能为你多分担一些早年的辛苦，将缘分的时光拉长。我想，把时间重新分配，将日子梳理得熨贴，让您少为我操心。我还想，把对孩子的爱再匀出一些，让您真正享有孩童般无忧无虑的美好晚年。

如果有来生，母亲，我只做你的长孩子。为你，勇敢地撑起一片天，然后，更加温柔地爱你。

2018 年 4 月

母亲受难日

(2013.12.13)

1968年12月13日,母亲把我带到了这个世界。从那以后,世上有了一个“我”。从那以后,我的喜怒哀乐都牵动着母亲的心。而我,已经是母亲的第七个孩子。三年后,母亲又生下了弟弟。

多年后,我也做了母亲。十月怀胎呕吐不断,直到临产住院仍不能吃下什么。生女儿,经受了三十多小时的分娩之痛。女人生孩子真是一道关呢!最通俗的一种说法是“儿奔生,娘奔死”。那种产前的疼痛因人而异,快则几小时,慢则数十小时,遇到特殊情况的还要剖腹产。据资料显示,因分娩难产失去生命的母亲也不在少数。所以说,儿女的生日乃母亲的“受难日”,一点不为过。

今天,母亲离世第55天。母亲的慈爱,勤劳,忠厚,不是女儿三言两语所能表达。仅一点,她老人家一生所承受的八十多个月怀胎之累、八次生育之痛、抚育八个孩子的艰辛,也是儿女们一生都没能报答得清的。

10月20日下午五点十九分。母亲走完了她的一生,离开了让她十分留恋的儿女们,离开了病痛烧得她昏昏沉沉的这个世界。无论我们如何的痛哭,她再也无法回应。母亲就那样静静地躺着,像熟睡一样。移到冰棺里时，可能因高烧未褪仍有余温的缘故，母亲的脸色仍显得温和而安详。一直不甘心，母亲就那样离我而去了。

何谓骨肉分离？当从母亲的子宫分离，剪断脐带的那一刻，我们只是和母亲的身体暂时分离。而当母亲离世，那才真正是骨肉分离，阴阳相隔。那一瞬间，心就彻彻底底地被掏空，一切变得飘浮不定。没有了娘，“娘家”也就成了一个不实在的名词。

一个多月来，母亲总会不经意间出现在眼前，总像在对我笑，可我只想哭，每次都无法控制住那不听话的眼泪。一年多来，病中的母亲生活虽不能自理，可她吃药吃饭都是那么的听话，她虽失语可靠表情手势和人交流还是那么的温馨，还时常不忘关心她的孩子们。在我和二姐一起照顾母亲的日子里，只要把她安顿好，她就催促着我们去吃饭休息啥的。每每想起，忙碌的时候也会有些埋怨，真是后悔，恨不得扇自己几下。俗话说得好，养儿方知报娘恩。可真的养了孩，都在为小家为生活忙忙碌碌，这恩究竟报了多少呢？

母亲安葬在老家周集沙庄。每当我无法控制思念之苦，只能跑去母亲的墓地。待上一阵子，哪怕仅三五分钟，心好像才有着落。母亲走后，我去了四次。到了那里，在墓前或坐或站，却没有眼泪。母亲走后的第 34 天，在墓前为母亲栽下四棵石榴树。石榴，是母亲生前喜欢的一种果实。

我曾说过，有一种分别叫永别，有一种思念只能在心里。如若与母亲相见，唯有梦里。

寻找天堂

天堂。梦。天堂。

果真有天堂吗？我们自觉不自觉地都会在寻找。

父母亲是虔诚的耶稣信徒。只要还能走动路，周日就会去教堂，也叫赶“礼拜”。常向上帝祈祷，诉说自己的心事。遇到重大事项，都得向上帝跪拜。祈求神明宽恕，指点。当然，也包括为自己的儿女们祈求福祉。他们所做的一切，坚信神就在不远处，都能看到听到。前些年，对二老的信仰都懒得应付，心中还感好笑。碍于父母亲面子，不赞同，也不反对。只要老人高兴就成。遇到阴天下雨，我总极力劝阻他们不要去赶礼拜，在家念道不是一样吗？老人总说，在家和去教堂不一样。有时候，实在拗不过，只好随他们。

因为父母亲信仰的缘故，我偶尔也翻翻《圣经》。细读过“上帝创造了一切”那部分内容。读后，仍然一笑置之。自己不具备达尔文那种追求科学的资质。到底谁创造了谁？我还是不能明白。

只要心中有，神无处不在。那么神在的地方，就是天堂吗？天堂也无处不在吗？

天堂在何方？我们有意无意的都在寻找。

通往天堂的路上，有花？有草？有山？有河？可有亲朋故知？是否也有仇敌冤家？我们一直不停地前赶，在拥挤的路上，追逐，攀越。为了金钱的天堂，权欲的天堂，自恋的天堂。一旦走火入魔，手中不免会抡起自私自利的魔杖。变得不顾亲情手足，不顾昔日的海誓山盟，更不顾东南西北风。只想跨越过去，奔赴新生活。到达新目的地，那就是天堂吗？

天堂，或许就在我们曾经路过的地方。人们呀，不要走得太急，请好好珍惜心中爱的天堂。

2009.12.05

圣诞节

12 月 25 日，圣诞节，基督教徒的节日。在我眼里，这一天一直只是一个洋节的符号。朋友间偶尔发发短信祝福而已，剩下的印象也就数那个可爱的白胡子圣诞老人呢。

12 月 24 日晚，在外地读书的女儿发来平安夜祝福的短信。我知道，一年一度的圣诞节又如期而至。而今年，我最大的事情，得亲自陪年近八十的爹娘，去教堂过圣诞。爹娘是忠实的耶稣教徒，对此，我一直“不以为然”。最近，老爹身体特别不好，就算尽力伺候，仍然起色不大。圣诞节，二老想去教堂。因为行动不便，我决定亲自陪他们去。

小城不大，没想到基督教徒却不少。圣诞节，我特地起了早，从城西跑到城东二哥家。上午八点，带着老人到教堂时，容纳千人的礼堂已经挤满，连走道上都是人。老、中、少幼，搀扶的、抱着的各色人等。如果不亲眼所见，还真是不能相信眼前一幕。我这个受党教育培养多年的人，也算开了眼长了见识。说来，真是惭愧。几年来，我亲自参与策划组织的大型文化宣传活动就有几十场，而像这样自觉参与的“满场”，还没有。老父亲说，每周日都这样，上下午两场，来晚就没有座位了。我陪着老人观看信徒们的圣诞演唱会，歌声谈不上动听，唯他们的虔诚令自己有些汗颜。信仰，信仰呀！

生老病死，乃自然规律，无法抗拒。爹娘生养了我们，在无尽的期望中子女一个个长大，然后都有自己的事业与生活，在忽视中双亲年已垂暮。我们都在忙，为了生存，为了好一点的生活，为了一些说不出口摆不上桌面的理由。怎么孝顺？孝顺，首先得顺着，其次才谈得上孝。一个“顺”字，真正做到，能有几人？大家恨不能把心都掏给自己的儿女，对日渐苍老的父母亲又用了几分心呢？

晚上，回到自己的家中。想到老爹老娘行动不便的样子，反反复复，不能入睡，两行泪忍不住滑出……我不想，这个圣诞成为最后的记忆。我祈祷，还有机会，陪二老一起过圣诞节。愿主，能听到我最真的心声。

阿门！

2009.12.26

女儿眼里的妈妈

我的妈妈，一位不识字的农家妇女，八个孩子的母亲。沧桑岁月，给妈妈留下皱纹道道白发缕缕。

一直记不清妈妈年轻时的模样，记忆中最清晰的画面，唯有妈妈起早摸黑忙碌的身影。

妈妈背篓推车；妈妈担水浇园；妈妈锄禾日当午；妈妈灯下补鞋缝衣；妈妈拐着石磨一圈又一圈，拉着石磙一趟又一趟……

印象最深的事情之一，是妈妈“做席子”。在当时，做席子是较为复杂的手工编织，一项有着不错经济价值的家庭“副业”。每至深秋，将成熟的芦苇（也叫柴）收割回来，经过晒、撕、压、剥等工序，最后编织成芦席。编好的席子卖出去，上学学费也就妥妥地有了着落。其中有一道工序叫“压柴”，即用石磙子去压撕开口的柴。妈妈拉着上百斤的石磙来来回回地碾，浑身透着一股韧劲。当时，只觉得妈妈那样子很有力很好看。现在每每想起这情景，才品味出什么叫刚柔相济。我猜想，母亲大概就是凭着那份韧劲，与父亲一道为我们兄妹撑起一片别样的天空，用她勤劳的双手和开明的母爱，先后将 6 个子女送进学府深造。

不用上学的时间，我们常常帮父母打打杂。割草挑菜，烧火做饭等等。这些从不影响我们按时背起书包，准点走进课堂。妈妈常说，念书是正事大事，耽搁不得。妈妈的话印在我们心里，学习上谁都不含糊，彼此较着劲。那时，屋前屋后的读书声成了妈妈的希望，我们捧回的张张奖状融化了妈妈的苦和累。邻里大爷大婶嘴里那句“看人家那几个孩子”的夸赞声，带给妈妈开心和满足。

1983 年初秋，15 岁的自己离开父母去市里读中专。记得刚入学那阵子，妈妈一会儿担心我会想家，一会儿又挂记我的吃穿冷暖。甚怕女儿在学校穿得寒酸被人瞧不起受委屈，总是省吃俭用努力让我穿得好一点。每次回家，妈妈都要把家里最好吃的弄给我吃，临走还要煮上几个平时积攒下的鸡蛋，让带着路上吃。其实，对农家孩子而言，那时学校的伙食并不比家里差。可这，就是妈妈的一颗心一片情。

妈妈今年 69 岁，身体不好。三年前检查出患有高血压糖尿病，老人家的健康成了我的一个心结。妈妈平时有个小病小痛从不告诉我们，自己捱一捱就过去了。那一次，一下住了半个多月医院，吓得我手足无措。兄弟姐妹轮流在病房看护服侍，而妈妈却说：“这里用不着那么多人，去忙你们的吧！”就这么一句话，蕴含了母亲对子女多少的理解和爱呀！

妈妈走过的路吃过的苦，受过的累，我真的无法体会得清。妈妈付出的爱，让我满怀感激。儿女长大，妈妈变老。时常影响着我人生的，是妈妈的勤劳朴实开明宽容，她永远是我心灵疲惫时重新抖擞精神前行的加油站！

2002.03

老父亲

“想想您的背影，我感受了坚韧/人间的甘甜有十分，您只尝了三分/抚摸您的双手，我摸到了艰辛/生活的苦涩有三分，您却持了十分/我的老父亲，我最疼爱的人……”

每次听着《父亲》这首歌，相似的情怀，浓浓的感动，充斥心田。不由自主的，更挂记自己的老父亲。

在我心中，父亲一直要强能干，也是有眼光之人。我们兄弟姐妹多，又是极其普通的农民家庭。在那个生活不富足的岁月里，父亲不辞辛苦、想方设法苦工分挣钱，供我们上学读书。在乡下的日子，父母亲早已习惯于脚踏土地辛勤劳作，起早贪黑耕种收获。后来，他们之所以离开那块充满艰辛与收获的土地，舍弃住惯的乡下老宅，跟随儿女们搬到县城居住，也只缘于年幼的孙子孙女们需要他们来照看。十个手指都连心，每个儿女都是父母亲身上掉下的肉，孙儿孙女更是老人眼中的宝贝。进城后，他们轮流帮着一家家操劳着，这样的生活，一过就 18 年。孙儿们在照看下长大，一个个陆续背着书包上学了。曾经硬朗的老人，现已银丝满头、步履蹒跚。

如今，乡下老宅已不存在。每当父亲生活中遇到不顺心时，念叨最多的是年轻时的往事，口中留恋的仍是从前居住的乡下老家。我能理解父亲这种心情。那儿毕竟是老人“起家”的地方，到处印刻着老人自己青壮年“辉煌”的记忆。唯有那儿，方是老人的根，老人真正的精神家园。还是在那里，老人辛辛苦苦地把 6 个儿女先后送进学府深造，这乃父亲一生最得意的杰作。

母亲患了糖尿病还伴有失语症后，父亲的担子和心思更重了，除了料理自己的日常生活，每天要按时为我母亲打针、拿药。父亲常说，有生之年照顾好我们的母亲，是自己对老伴生儿育女操心受累一生的最好回报。儿女们一忙碌起来，连静下心来陪老人说话的心思也没有，有时还会埋怨老父亲唠叨，烦他和儿女们事事丁是丁卯是卯地“较劲”。

去年接父母亲来家小住的日子里，老父亲第一次主动提出让我帮着他洗头，我才发觉自己对老人照顾上的疏忽大意。老父亲的无助，一下子让我又汗颜又心疼。那一刻，才真真切切地感到眼前的父亲真的很老了，人也非常脆弱了。一辈子要强的父亲生活中特别爱干净，做事讲究有条有理，自己做得了的事情从不麻烦儿女们。如今的父亲，背更驼了，眼睛花了，耳朵也不灵。他经常感叹自己没有用了，心有余而力不足。面对风烛残年的父亲，我的心里涌满酸楚。如果时光能倒流，宁愿还要父亲的刚强、听父亲的唠叨、挨父亲的教训。

在父母的眼里，我还算一个孝顺的女儿吧！父亲也常把这份“感激”流露，这让我更感难受和愧疚。扪心自问，多少年来接受父母的关爱，认为一切都是那般理所当然，何时言过谢？当我们自己也为人父母时，又把心思多倾注于自己的孩子身上，很少花精力去读懂、去理解老人。不管我们长多大，在父母心中仍是放心不下的孩子、长不大的娃。他们牵挂这个想着那个，把爱都奉献给了我们。与父母一生的付出相比，我们对老人的照顾关爱，实在微不足道、不值挂齿。

其实,老人与孩子一样,需要呵护和温暖。在照顾父母亲的日子里,心在慢慢地净化,也更多地体会到家父对子女们爱的博大沉甸。有时候禁不住傻想,等到自己白发苍苍时,身边仍能有父母亲相伴,那该是人生多大的福气哟!

2007.12

特别时光

母亲节·短信·饼(2010.5.10)

一年一度的母亲节如期而至，给阳光明媚的五月又添几分暖意。

女儿在周庄游玩，上午十一点多发来一条短信，写着“母亲节快乐，娘亲大人”。就这么一行字，让我在这个日子里，真的快乐不少。我本很简单，也容易满足。

下午，踏着自行车从西城到东城去看望父母亲。特地买了陈家特色大饼和几斤苹果。陈家大饼下锅一煮就软，易消化，老人爱吃。

母亲今年77岁，八个儿女中，有六人算得上识字断文，与所谓大小的城市沾上点边。母亲不识字，连钱都认不全乎，也没花过啥钱。听上去似乎不可思议吧！她的一生，都交给了父亲与儿女们。

母亲留给我的身影，从早到晚都在忙碌着。把一个孩子众多的家操持得井井有条。在我眼里，老父亲性格特刚，大男子主义，不太随和。我对母亲的爱恋，远远多于父亲(这在我的文字中一直有所表达)。到了晚年，二老相依为伴，当母亲生活不能完全自理时，父亲担起照顾母亲的责任。包括吃药打针，日常料理。从这点讲，我还是深深感激父亲的。

不管是女儿的短信，还是我的饼。不同的表达，都是爱。

在这特别的日子里，我想说：老妈，谢谢您给了我生命，给了我爱！我也永远爱您！

母亲，女儿听得懂(2012.5.08)

看着年迈的母亲，已模糊了她年轻时的模样。多年的糖尿病，让母亲一直没脱离打针吃药。母亲不能完整地语言表达也有好几年了。她想说什么，却苦于言不达意。于是，她只能干着急，老说自己没有用了。

失语的母亲，不能准确地叫出我们名字，小名也叫不出。可每次，我基本能猜出她想说什么。猜对了，她也高兴。

我平时能做到的，也就是常去哥家看望老人。生活中缺什么就捎些什么。说实在的，父母亲一生劳碌辛苦。作为儿女无论怎么做都报答不了养育之恩情。父母亲，就是儿女的天。有他们在，这个大家庭才是实实在在的。

又一个母亲节来临，只想深深地为老人祈福，也感谢我的父亲。二老风烛残年，相依为伴。女儿爱你们，永远！

七夕节，医院陪护(2012.8.22)

7 月 21 日，母亲高烧住院。

7 月 22 日，农历七月初七，中国情人节。我俩在医院值班，陪着老母亲，一夜未眠。

七七节，又称女儿节。这一晚，没有鲜花，没有烛光。只有相互守着老母亲的温暖。

五天了，母亲高烧已退。值班，为 80 岁母亲翻身、方便、擦洗、喂饭……重复着。辛苦自不用说。母亲病情好转，我的心里有了不少安慰。看着行动不便的母亲，充满辛酸和怜惜。

我们都有老的那一天。如果每个人对孩子的爱多分一点给父母，老人的晚年定会好过很多吧！

爱老，从和颜开始(2012 年 10 月 31 日)

真高兴！昨夜，母亲一夜安好，睡得香。

老小老小，老人即孩儿。八十岁就如同七八岁，老人的智力、心态和能力，也似需要成人照顾的孩子一样。

服侍失语的母亲，察言观色，耐心地与她比划着。翻身按摩，擦洗，伺候吃喝拉撒，细心地做着每一件事。喂药打针，梳头，刷牙，这些需有两个人扶坐着，才能顺利地进行。

说些轻松的话，逗母亲笑。看着母亲舒服的样子，感觉所有的辛苦都不算啥。

用心做，用情做。少报怨，多行动。尽量和颜悦色，珍惜与老人相处的每一天。

2013 年，母亲节这天

又一个五月春浓，又到了母亲节。这几天，正是我伺候母亲值班的日子。不禁想到去年这一天，也曾写下几句心语。

母亲生活不能自理一年多了。常年的打针吃药，让母亲受尽病痛之苦。脑梗让母亲失语，阻碍了她和别人的交流，更增添了不少困难。每逢头痛发作，母亲就会声嘶力竭地叫喊，叫得嗓子发哑，青筋暴起，手还不停地打脸打头打床。看着母亲的痛，揪扯着我的心，只恨自己无能。托着母亲的头，不停地帮着母亲按捏，哄劝。只求让她的痛，轻些，再轻些。母亲节，这一天，除了买菜做饭，我一整天守着老人。

五一节假期，我去了台儿庄。4 号早上，接到哥嫂电话，说母亲快不行了。我的腿一下子软了，眼泪止不住地淌。我以最快速度赶到家里时，母亲一口气刚刚缓回来，脸色仍然很难看。陆续，在南京、盐城的兄弟们都回来了。当他们坐在院子里商量“后事”时，我坚决不相信也不甘心这会是真的。我刚外出几天，走时母亲还算正常，除了头不时剧烈疼痛哭闹外，饮食大小便都正常。这一天，还不会这么快就来的。

在三哥的陪伴照料下，两天时间，母亲逐渐恢复到发病之前的状态。悬着的心总算松了一口气，她的儿女们又各奔南北，轮流值班继续如常进行。让我纠结的，儿女们伺候功夫各异，母亲的精神和身体也就起伏不定。让人有话想说，却又没法说，唯一做得了的只能无愧于自己的心。如果有一天，母亲真的离我们而去，我不想留有遗憾。

默送二舅

星期二夜里，接到表姐电话。在东北大庆生活了一辈子的二舅，在家中摔倒。脑溢血，抢救无效，离世。接到消息，心一下子沉重异常。想起2004年五一节，舅舅舅妈从东北回来相聚的日子，如昨，历历在目。他们在我家里住了九天，那时候正逢我人生低谷时光。为让老人开心，我把大姨也从百里相隔的乡下接来，让母亲姐弟三人相聚畅叙。一边上班，一边忙着买菜做饭，还要接送女儿上学，那年女儿正值小升初。老人们习惯晚睡早起，拉呱声音也大。舅妈不过意，说完全打乱了我和女儿的正常生活。我说，没啥，真的，这样的机会很难得。老人开心，就好。女儿也很配合，很乖巧，也很高兴。

几年过去，大姨先走了，比母亲小的二舅如今也走了。二舅离世的消息，我们还不知道怎么开口告诉母亲。母亲身体一直不好，再说年纪大了，真的怕她伤心，受不住。母亲兄弟姐妹六个，如今世间只剩母亲一人。一奶同胞，血浓于水。小时候吵吵闹闹，长大各奔东西。慢慢地，一个个老了，一个个走了。那一个世界，还是一奶同胞否？不得知。

再看现在的家庭，独生子女政策所至。孩子，少。他们已经很难体会一奶同胞的那份情了。可能缘于我的多愁善感，随着年龄增长，却更看重兄弟姐妹间的情分。

世上没有长生不老。生命脆弱,来不及留下片言只语。让活着的亲人揪心呢！二舅,明天家人将要和您作最后告别。在这相隔千里的老家,外甥女给您磕头了。让晚辈无尽的哀思伴您上路,安息吧！

2010.7.01

清明之外

再过几天，就是清明节。

此时，菜花黄，麦苗绿，草儿也争相返青。还没来得及细看细想，土地悄悄地浓妆艳抹起来。深深浅浅的色，在春风劲抚阳光照耀下越发艳丽。

说实在的，我向来不太喜欢春天，或者说不太适应春天。阳气勃勃，万物似乎都争着往上攀升。本来相对静寂和平衡的世界，顿时喧闹无比，让习惯于安静的身心有些顾不过来。还有，四月清明，本是“行人欲断魂”的春祭，却逢勃发喧闹之季。活的生机，逝的空寂，生者与故亲的交流，冲撞着。心，无处安放。

这几日，小城的街道好像也喧闹很多。道路两旁多了不少卖花的，白白黄黄紫紫，很是艳丽。这些塑料花，按照大小不同，一盆(棵)十几元、二十几元、三十几元价格不等。在这忙碌的快餐时代，不知是哪个聪明之人，最先想到用塑料花祭奠故去的亲人。

3 月 26 日，星期六。在外地工作生活的兄弟姐妹相约回到响水，一同去乡下老家，为父母亲立碑。这里有个风俗，祭奠亲人一般在清明前后十天进行。

父母亲与土地打了几十年的交道。九十年代以后，因为孙子孙女需要照看，他们才住进县城孩子的家。在物质生活贫乏的年代，靠辛劳付出、省吃俭用，供我们读书求学谋生。家里六个孩子通过考学深造取得城镇户口，当时实属一件了不得的大事，在老家“名显一方”成为佳话。年少时的我们，很自然成了别人家孩子要学习的对象。直到数年以后，我们也为人父母，咀嚼了人生的酸甜苦辣，方才深深体会父母是多么的不易。在那时那景那年代，作为农村孩子能有后来城里人的人生，皆因父母亲的开明、勤劳和辛苦才得以成全成就。儿多父母苦，一点都不假，双亲的艰辛付出与对儿女无私之爱，岂是三言两语能表达得清。只可惜，欲孝亲不待。养育之恩情，今生再也没有机会报答了。父母亲晚年时，都曾经受着“脑梗、糖尿病、高血压”等病痛的折磨，实在让人揪心，又苦于不能时时守在身边尽孝，每每想起仍心有愧疚。母亲于 2013 年 10 月离世，终年 80 岁。父亲于 2015 年 5 月离世，终年 85 岁。二老把一切都奉献给这个多子女的大家庭，离世时无财产无遗嘱。唯有对世间儿女的眷恋不舍，成为深烙心中的最后记忆。

时间，过得真快。母亲走了多久？我好像需要用手指来数，两年六个多月。父亲走了也快到一年。去年 5 月 6 日(立夏)，下午 6 点零 5 分。父亲走了，永久地离我而去，他再也不会“麻烦”任何一个儿女了。我相信，父亲也去了远方那个叫“天堂”的地方。因为，忠厚慈善的母亲在那里。在分别一年半后，父亲和母亲终又相守相伴。父母亲生前信耶稣基督，儿女们就顺从老人信仰，身后事都以基督之礼完成。按照老人心愿，他们的骨灰被安葬在老家故土。

逝人远去，生活仍在继续。时间，总是在有知有觉中流走。在这个世界上，自己再也不是被念叨牵挂的孩子。多少次梦里，父亲仍是那个操不完心的父亲，母亲也还是充满慈爱的母亲。可梦，终会醒。醒时，唯有泪和惆怅。父母亲先后离世，我回老家的次数倒越发多了。

似乎只有立于二老墓前，方能一缓思念之苦，心才能慢慢地归于沉寂。

老人的墓屋被花团相拥，这些塑料花虽不能生长却不失鲜艳，比起鲜花好像更经得起风吹日晒。因为它们的存在，终究排解了眼前的荒寂，我不知道是否该感谢发明塑料花之人。上天垂怜，把这份心情转托吧！我想，二老在天堂处，定有鸟儿欢歌花香萦绕。

人活着，难免会有诸多不如意。在磨难面前，我们可以宣泄，可以倔强地说“不”，唯面对永别之痛时，任何言语都显苍白。立碑完毕，心像被什么紧揪着，竟无泪。千万心情，竟不知如何诉说。应了那句“生死两茫茫，从此山高水阔，锦书难托”。何谓永别？思念压心底，相见只能在梦中。

两年来，二老不时走进我的梦中。这一辈子，与父母亲的缘分不短也不长，就这样在有知有觉中，走完了。养育之恩，报的，未报的，皆已成不了情。我一直信奉，养育之恩大于天。纵观网络上的各种心灵鸡汤，说的再好，懂得再多，唯付诸行动方是真。敬老爱老孝老，乃中华之美德，更是践行核心价值观题中应有之义。

孝顺，来不及等待。

父亲，母亲，女儿想你们。愿二老在天堂一切安好！

2016.04

母亲这辈子

元宵，圆。亲人，聚。今年元宵，少了母亲。思念的痛，慢慢浸透，咸冲淡了甜。

母亲离开我们，一晃快四个月。时间滑行。为生活而奔波的我们，似乎慢慢地又回到各自的轨道。骨肉分离之苦，已不像那一刻痛彻心扉。时间，真是一副镇静剂，它能缓解人生中的酸甜苦辣。哪怕山崩地裂般的大悲大喜，在它面前也将无所遁形，直至归于平淡沉寂。

对母亲的思念，不经意间说来就来。最常梦见的是她慈爱的面容。母亲生养八个孩子，记忆中从未打骂过我们。憨厚实在的品性，在村庄里是出了名的。熟悉她的人就知道，母亲与人相处，连三岁的孩子也没恼过。

孩时的眼里能捕捉到的，多是母亲辛苦劳作的身影。挑担、推车、拐磨、收割、打场……重活累活，岸上水里，家里田间，所有的活她都干了。起早摸黑，从无怨言。最早起，最迟睡的那个人，一定是母亲。当夜深人静，收拾停妥，煤油灯前，母亲还得一针一线做鞋缝衣。常常天未五更，母亲已喂完牲口，担好水，烧起饭。接着，就忙活田里的事情。我们的勤劳也多缘于母亲的影响。

母亲一生未使用过钱。父亲在哪里，她就在哪里，家庭所有开支都是父亲操持。我们成家立业后，给老人买吃的穿的用的，她总会慈爱地怪女儿“多花钱”。生活中，母亲从不挑剔，对人宽厚有加。性格各异的四个儿媳妇，人前背后没有说过母亲的不是。婆媳关系中，这是很难得和少见的。

母亲的性格中，有一股极强的韧性。这种韧性，早年融汇在她生养哺育八个儿女成长的历程中。到了晚年，病痛缠身。后期失语、半瘫痪，生活需要人照料。吃药，喝水，漱口，她只要自己能行的，就坚持自己做。疼痛轻一点，她就让伺候的人赶紧“歇息”。在母亲眼里，几十岁的我们，个个还是“孩子”，是她一生疼爱牵挂的孩子。

2013 年，金秋十月。离她八十岁生日还有两个月，母亲走完了她的一生。带走了她的不容易，带走了她因“失语”而无法对儿女要说的话，带走了她对这个世界的留恋和不舍。

母亲，这一辈子，吃辛受苦，无法表清。养育儿女的辛劳，或许出于本性，却充满慈爱；让女儿和儿子一样读书求学，又有难得的见识和开明。对父亲而言，母亲是一位勤劳善良贤惠持家的好女人。对子女而言，她是一位伟大慈爱的母亲，给了我们所有的温暖。母亲勤劳善良，慈爱宽厚，顽强的生命意志，耳濡目染着我的人生。

2014.2.14 元宵节

云中之书

父母亲不时走进我的梦中，梦到的还是他们活着时的情形，母亲含笑，父亲管家。这一辈子，与父母亲的缘分四十余载，在有知有觉中，走完相守相恋的时光。养育之恩，报的，未报的，皆已凝成不了情。孝顺要趁早，容不得等待，祈望天下父母儿女，都能好好珍惜相遇的一世情缘。

——题记

大(爸)、妈：

二老在那边还好吗？有些日子，没回乡下老家去看你们了。记得上次回去，还是端午前夕。虽然心中记挂，梦里曾见。因为天气热、工作繁杂等借口，没有成行。歉疚之余，还窃以为，二老会像生前一样“偏爱”我这个小女儿，而不加责怪。女儿想念你们时，不管大事小情，习惯跟你们念叨念叨。有时，在QQ空间或博客上写成文字，更多时候自言自语。权且叫作给二老“写信”吧，相信你们定能感应我的“信息”。

再过几天，将到立秋时节。这两日一下子凉爽很多，人也感觉舒服不少。今夏真热，最高时达40摄氏度(其实每年都会热上一阵子)。走在马路上，都能感觉地面被炙烤得“呲呲”响。不过，高温时间不算太长，上下班路程那么一截，室内都有空调，挺一挺就过去了。6 月份，小城公交开通 1、2、3 路车，出行比以前方便很多。与遭受洪涝、台风等自然灾害的地方相比，小城是幸运的。目前来看，称得上风调雨顺，年景不错。兄弟姐各家也相对安好，二老可放心。

大(爸)、妈，你们知道吗？你们八个孩子中，我这个老七也是奔五十之人了。时间过得真快噢，母亲您离去已两年零 10 月余，父亲走了也有 1 年零 3 月。三年之内二老先后离去，每每想起送走你们的那一刻，不听话的泪水总忍不住夺眶而下。思念，从不用刻意。在做饭的灶台上、吃饭的一瞬间、看到某个人、碰到某件事，你们立马飘忽至女儿的眼前。最近，女儿将利用周日空档去看你们，想必墓屋周围的草一定疯长很高，早该清理，是儿女们偷懒了。记得你们在农村过日子时候，起早贪黑一生勤劳，不管是庄稼地里还是家前屋后，都没有野草可占据的地盘。大(爸)、妈，今天，女儿坐在电脑前敲击着键盘，把写给你们的话作了整理，摘录一些如下(为顺畅之需，在此且编上序号)。

第一封信　心祭母亲

(2013.10.25)

妈，您走了。今天是第六天。晚上，我要出去，办答谢宴。您离开人世，单位全体同事都出了礼，向您表示敬哀。

自从您走后，每一天，心里都很不好过。只要一想，眼泪就无法忍住。我想您，妈，您在那里还好吗？

10 月 20 日下午，我守在您的床边，直到您用尽最后所有的力气，很弱的双眼睁开一条缝。您一定是看到守在您身边的儿女们，之前，您流下最后半滴眼泪。您微弱的呼吸急促两下，再也没有了。嘴一直就那样张着，糖尿病引发的脚溃烂感染高烧，折磨着您无法合嘴呼吸，直到生命终息。

那一刻，任凭我们如何哭喊，您再也没有回应。下午五点十九分，您离开了让您疼痛、更让您留恋的这个世界。让女儿感到欣慰的，您离开前女儿们为您擦了澡，换上准备好的干净衬衣。您一生朴素干净，哪怕在您生活不能自理的日子里，只要儿女们给您洗头、用水、擦身子，换衣服，您就会特别高兴，显得舒服气爽。每顿饭后，弄好水给您漱口刷牙。我们端着杯子，您用那只能活动自如的左手拿牙刷刷牙。一切收拾妥当，您就会舒服地对我们笑。

自从您失语以后，您慢慢用手势比划交流，每当伺候您吃完饭漱口后，您就会催我们去吃饭，表示自己可以独自坐着。您对儿女们的慈爱体贴，直到最后从未间断。

妈妈，您知道吗？国庆节前，也就是 9 月 30 日，女儿因为急着去台儿庄。加之 9 月份县举办文化艺术节，那一阵子非常忙碌，都没有能好好伺候您。临行前，把您爱吃的饺子和鱼都准备好了放在冰箱。原以为节后回来，可以好好补偿您，多尽些孝心。可是，女儿回来再次轮班伺候您，您已经不能对我笑，不能和我交流，也吃不下食物。

18 号中午，您高烧躺在那里，挂水后稍有点意识。我让二姐蒸了鸡蛋羹，用青菜叶和大米煮了半碗粥。我让你张嘴，您还知道张嘴。我让您睁眼，您就费力地一下一下睁开。我让您咽，您就费劲地咽。您吃了约有十来口粥，那是您吃的最后一顿饭，也是女儿最后一次伺候您吃饭。

妈，女儿没想到会是这样，您走得这么急。走之前，您意识里会记得我是您最小最喜欢的女儿吗？真后悔，国庆长假不该离开您的身边。不管其他人怎么说女儿对您如何好，已经够孝顺对得起您，仍然消除不去我的伤心，遗憾没能陪您好好交流最后这段时光。

20 号午饭后，我们守在您的床边，边收拾您所有穿过的衣服。那时的您，静静地躺在那里，可能已不知疼痛，只有很弱很弱的呼吸。我们精心地挑好春夏秋冬四季衣服和鞋子，让您带着上路。女儿再也无法守着您照顾您，您自己要记得换呢！还有不少衣服，我们每个儿女都留些作为存念。妈妈，女儿不用睹物，一样思人。这几天，只要眼睛睁着，您就会出现在女儿的脑子里。

直到您躺在冰棺里，仍然像睡着一样。摸着您的手，高烧余温还没有散尽。看着您的脸，不黄不灰，同熟睡没啥两样。我当时就怀疑您是否已真的离去？

妈妈，我想您。您就这样走了。

第二封信 母亲，您永远活在女儿心中

（2013.10.28 写于母亲离世第九天）

今天，一直反复听一首内蒙民歌《梦中的母亲》。心，仿佛被齐峰的歌声揉碎融化。

“梦中走来了慈祥的母亲/烛光里的身影越走越近/
虽然细雨蒙蒙我看不清/你的面容永远抹不去/
梦中走来了慈祥的母亲/温柔的倾诉喃喃细语/
虽然雷声阵阵我听不清/你的叮咛我从没忘记/
想念你呀 梦中的母亲/是你给了我宝贵的生命/
呼唤你呀 慈祥的母亲/何时才能再与你相聚……”

第三封信 心祭母亲

（2013.11.2 写于母亲离世第十四天）

今天是母亲离世第十四天，俗称二七。下了一天雨。我仍然窝在

家里没有出门。

这两天，偶看电视剧《我是特种兵》，那种军旅的苦和累、生与死，击打着心灵。或许，这也能给我脆弱和悲痛注入一些新的元素。借用剧中一句台词："人的一生要面对无数次告别，而每一次告别都会伴着阵痛，这种阵痛叫成长。"是的，每次告别都会有不舍或痛，只是程度不同而已。

每一次看望母亲，伺候母亲，短暂的别离，很快都能再见。而这一次和母亲的告别，却是永别。阴阳两隔，再不能相见。这种痛，痛彻肺俯，连筋带骨。儿女本是母亲身上的一块肉，分离而长大的。有母亲在，那里就是自己根所在，就有温暖。妈妈，当你被推进炉子的刹那，女儿的心彻底地空了。您在那边还好吗？女儿好想您呀。

第四封信　又梦见母亲

（2014.9.13）

日有所思，夜有所梦，真的应验了。昨晚，又一次梦见母亲，那样的清晰。当我开心地跑过去，想搂母亲时，却惊醒了。摸过手机一看，夜间零点四十分。醒了，思念之痛一下都涌上心头。好久，不能入睡。

最近，节奏有些紧，累就难免。太累时，脑子里便会出现母亲慈祥的样子。妈妈离开我们，快十一个月。可我，老觉得母亲就在不远处，注视着。她，好像也一直想着我们。没有母亲的这些日子里，算是真正地体会了"永远活在心中"的含义。想您，吾妈。真的愿意相信，有那一边，有天堂。愿您在那里一切安好！

第五封信　相见无期

（2014.10.21）

窗外，雨一阵紧一阵疏。今天，这场秋雨，湿透了地，也淋着难眠人的心。

母亲，您走了整一年。去年的此时，我们还能守在您的棺前，还能对着您流泪。那一幕，似昨一样清晰。而现在，只有回忆的疼痛。

现实的无奈，撞击着思念的苦，让我无法擦干不听话的泪水。您知道吗？今天，我从北边冒雨回来。老爸身体也不好，明天准备去医院呢！还有二舅妈和她小女儿从东北回老家来了，今晚亲戚们聚了一大桌。记得2004年，二舅和舅妈从东北回来，我接来大姨和您二老，在我家小住，你们老姐老弟说说笑笑共叙手足情，是那样的开心。可现在，大姨，二舅和您，相继都走了。那一次，竟是你们姐弟今生的最后一次相聚。我希望，在那一边，你们仍然能相逢相聚再叙手足情谊。

一年，说长不长，说短也不短。您走后，已记不得多少次梦见。每次梦见您的笑脸，欣慰。醒后，就难过。

10月3日，我、弟弟、大姐家三口一道去看您。我割着墓屋前后的杂草，百种滋味，无语能说。这一辈子，您生育八个儿女，所承受的艰辛和苦痛，只有您自己最明白。母亲，您听到雨声了吗？那就是女儿的泪，思念的泪。

第六封信　清明前夕·思母

（2015.4.4）

清明节快到了。坐在办公室，脑子乱糟糟的。母亲走后，太多思念堆积，此刻却无法成书，涂下几句：

思娘，娘在何处？
问天，天不答语。
望窗外，草青木茏春光正闹
绪缥缈，心思不聚全是母亲身影
忽闻枝头鸟鸣
你可知天堂信息？
念母，母可安好？
任凭怎呼唤
唯有风声大作
清明无雨也断肠
不觉，泪成行……

第七封信　父亲走了 21 天

（2015.5.26）

今天，父亲离世第三周，也叫“三七”。

5 月 6 日，立夏。下午 6 点零 5 分，父亲离世，一句话都没有留下。父亲走了，永久地离我而去，再也不会“麻烦”任何一个儿女了。我相信，父亲也去了远方叫“天堂”的地方。因为，母亲在那里。在分别一年半后，父亲和母亲终又相守相伴。也就从这一天起，在这个世界上，我没有娘也没有爹。

这些日子，常从梦中惊醒。老觉得昏昏乎乎，忘东落西。有人安慰说，老人在病中很痛，走了是福。可没了，就是没了。再也看不见摸不着了。思念，和泪而咽。

人活着，经历着多种磨难，会有诸多不如意。唯在永别之痛面前，任何言语，都为苍白。

初夏杨絮飞，今日小雨泣。父亲，母亲。愿二老在天堂安好！

第八封信　梦

（2015.6.3）

夜间一梦。

自己仍是孩时。蹦蹦跳跳地走在收完山芋的地里，捡到三个大山芋，抱着往家走。父亲从对面走来，说，放到派出所屋里吧！我说，“啊？派出所在哪呀？”父亲手一指，“就那呀？”我抬头一看，就是我家门朝西的那两间锅屋。我笑了。梦也醒了。

这是大（爸）走后，我第一次清晰地梦见他。

父母亲都在世的时候，好像我对母亲的依恋远甚于父亲。可能在心里，母亲像花，可嗅可亲芬芳温馨。而父亲，更像一棵大树，宁折不弯，伸向远处的枝枝杈杈，不好触摸。如今，两位老人远去天堂。对他们的思念，一样的痛入心腑。一路走过，再细细回味，一辈子刚强有余的父亲，是真正撑起八个孩子之家的“舵手”。不管子女们是否理解，这就是事实。

第九封信　春祭·欲孝亲不待

（2016.3.28）

2016.3.26 星期六，晴。兄弟姐妹一行回老家，为父母立碑。

父母亲一生辛劳奔波，为儿女子孙。走时，未留片言碎语，病痛折磨成了深烙在女儿心中的最后念相。

时间过得太快。母亲走了多久？我好像需要用手指来数年头了。

父亲离去也快到一年了。自己仍然过着平淡如水的日子，只是在这个世界上，再也不是被念叨牵挂的孩子。多少次梦里，父亲还是那个父亲，母亲也还是原来的母亲。

春风劲吹，满眼麦绿，小草也在渐渐返青。老人的墓屋被花团相拥着，这些塑料花没有生命却不失鲜艳，也更耐风吹日晒。有了它们的存在，终究排解些眼前的荒寂，我不知道是否该感谢发明塑料花之人。上天垂怜，把这份心情转托吧！我想，二老在天堂处，定有鸟儿欢歌花香萦绕。

立碑完毕，心像被什么紧揪着，竟无泪。千万心情，亦不知如何诉说。应了脑中那句“生死两茫茫，从此山高水阔，锦书难托”。何谓永别？思念于心，相见在梦。

无处安放的思念

又到了周五。虽然明天上午照常到班集中学习，习惯上还认定今天是周末，谁让是法定的呢！下班后，绕路到菜场买了河虾与青菜。回家，认真烹制一份炒河虾，熬了青菜米粥。

上周日，老家堂弟媳来电话。问我，七月十五快到了，哪天回老家。接电话时手头正忙事，我便答“下周休息日回吧”，就匆忙挂了电话。这几天，心神总有些恍惚，思念日甚。

今晚，看得见的主角仍然独自一人。晚饭桌上，我摆放两只小酒杯，那种多年前家里爱用的印有山水图案的小杯子。我想与父亲对酌，聊聊近来的工作生活，说说自己的快乐烦恼。记得，“吾大”(农村长大的我们都称呼父亲为“大”)年轻时用这样的小杯子能喝 40 杯白酒呢！一家之主的“大”，一辈子刚强，宁折不弯。说话做事跟喝酒一样，干练利索，就是不会糊弄。我们性格没少遗传他老人家的。母亲不惹家常李短，不多言冒语……除了晚年病重不能自理的时光，一生只知道为儿女子孙操心忙碌，把所有的慈爱给了这个家。今晚，权当母亲还在忙碌。

“大”年轻时酒量蛮好，晚年很少喝酒。只有当我们兄弟姐妹相约一起回去团在一桌吃饭，在我这个小女儿逗趣怂恿下，才会端起杯子，喝一点。我知道，那时，“大”是开心的。

大，今晚女儿做了您爱吃的虾，还有妈习惯吃的青菜米粥。二老知道吗？你们相继离去后，女儿常常在孤独中思念，遇到开心或不开心，就更想说给你们听。走在路上看到年纪大的，不自主地就会想如果你们还在该多好。一直不甘心已经失去，不愿承认二老早已远行，去了那个叫天堂的地方。

每次回老家，去墓地看你们。不管是精心清除杂草，还是植松栽花，准备好的千言万语，却终默默相对，又揣回心底。我深知，无论怎样的呼唤，都因隔着小小的“冢”而断了山高水长之路。多少个夜晚，我吟诵着舒洁老师组诗《母亲》。泪，悄然而下。舒洁老师，大草原的儿子，而我，只是苏北平原上的一个乡间女子。虽说我们身份各异，但对母亲的爱和思念，又是那般的相通。我借舒洁老师的诗歌，送给我深爱的母亲。相信，母亲能感知，父亲也能感知。因为二老生前为一体，如今仍是。

母亲离世那段日子，我近乎失声半月之久。唯一能做的就是和泪写下撕心裂肺的文字。一年半后，称呼一辈子“大”的人也走了。吾心，似浮萍。之后，这节那节实为一个个心坎。热闹的春节中秋，祭祀的清明冬至……我就是那个被置于无助境地的孤儿游魂。

后天周日，准备回趟老家。可能还会像之前一样，准备了太多的话想去念叨念叨，结果什么也说不出来。不过，只要站到父母墓前，心就能渐渐地安定下来。

心空那轮月

下午，天空飘落一场细雨。路面，仍留着些许潮湿。

又一个中秋，如约而至。人们在享受“双节”的休闲中，期待人圆月圆事事圆。此刻，八月十五之夜，银月没有如期高悬。天空呈灰色泛着白，细雨星星点点地飘。晚风，也很细微。小区里，石榴、冬青、翠竹、榕树……还有一些叫不上名字的花草，散发出来的味道与空气融合，随秋风拂过，凉爽中透着清香。

没有月的中秋夜，或许让久盼的人们有些失落。“月有阴晴圆缺，人有悲欢离合”，自然之道，何不是人生之理。此事古难全，今也难全。

临窗而望。一栋栋楼，一扇扇窗，亮灯的比例较平时高出不少。好多在外打拼的小城男女，都赶着回来过节了。小区的车位，也变得拥挤起来。

中秋佳节，亲人团聚。这是一个古老的期许和符号，人们习惯了遵守这个美好的约定。千里共婵娟，已不能填满那种时空的怅惘。火车，汽车，飞机……成了人的海洋。千里迢迢，把多日积攒的亲情一起打包。天南地北，拥挤着，穿行着，把自己送到那个相约的地方。白天，和女儿通了电话。知道“小棉袄”工作还算顺利，节假日自娱自乐休闲得也不错，替她高兴。

佳节至，倍思亲。父母亲，天堂的你们还好吗？今晚是否月圆，抑或也飘着细雨？

晚饭吃着哥哥家送过来的糖饼，忽然想起儿时。想念那些无忧无虑的日子，想起母亲碾着香味四溢的芝麻，想起母亲包的一块又一块圆圆的糖饼。那样的中秋夜晚，已记不得有月无月。就算有月儿高挂，也不一定能体会赏月之佳境，但填在心中的竟是满满的幸福。

白天，诵读诗歌。读制怒王子的《中秋》，诗中道："童年/我躺在母亲的怀里/母亲躺在乡村的怀里/我们都枕着一轮明月/爱在心中流淌……"读着读着，我的眼睛就湿了。如今，母亲又静静地躺在老家的乡村里，而我再也没有了母亲的怀抱。

母亲也未走，她就在远方注视着，似乎从未离开。我无数次梦见母亲，她都还活得好好的，像生前一样慈爱微笑。

是梦，就会醒。醒来，惊觉。母亲，我已无法触摸，好似天边的月。

如果说，每个人心中都有一轮月。我毫不犹豫地说，母亲就是我心中的那一轮皎洁之月。不管春夏秋冬，也不论雨雪阴晴，这轮银月印刻在女儿心空。遥望，对视，彼此深深地牵挂。

我深信，有个地方叫天堂

2013 年 10 月 20 日。对别人来说，一个再平常不过的日子。于我，还有我的兄弟姐妹们，却是与母亲天人永隔的日子。那一天，秋阳像往常一样悬挂，而我如坠冰谷，彻骨的痛，彻骨的冷。

母亲，您离开整整四年了。四年前的今天，您就那样带着高烧不退的温度，流尽最后一滴泪。您躺在冰棺里，如熟睡一般，脸色与平日相差无几。不一样的，是任凭女儿撕心裂肺地哀哭，您沉默着不再回应。

四年，说短又长。一千多个日日夜夜，在绵绵不绝的思念中，抓不着挠不到的痛，都随着有泪无泪的夜晚蛰伏。害怕触碰，却又像家常便饭那般存在着。有梦无梦的日子，在不紧不慢中前行，唯有关于母亲的记忆愈发清晰。

每逢过节，自然会想起母亲。灯下阅读，也会想起母亲。做饭吃饭，还会想起母亲。端起碗吃面糊涂，想到母亲爱吃；吃面条，想到母亲做的那手擀面；吃面疙瘩，想起跟母亲学“厨艺”的时光。而每一次吃水饺，心底的那份情绪总会痴痴上冒压抑不住。我深知，水饺是母亲生前饮食中的最爱。私下里实在想母亲了，我就会自己动手包一次饺子。这时，父母亲合作包饺子的情景就像电影在眼前重放。而这样的思念方式，唯有我自己最懂。想起母亲卧床的那些日子，儿女们轮流值班照顾，各人做的饭菜咸淡不一。只要稍有闲暇，我定会亲自为母亲包一顿新鲜的饺子，为父亲做些爱吃的馄饨。看着失语的母亲，写满笑意的脸开心地吃着，问她好吃吗？吃饱了吗？母亲都笑着一一点头。那一刻，是何等的幸福！

今天，母亲的四周年祭日。请假回了老家，在父母的墓地栽下三盆色彩各异的秋菊。原有的松树在秋风中轻摆，七月十五植下的米兰花鲜活翠绿。堂弟媳妇王梅和我、二哥还有小侄女，有一搭没一搭地拉呱，说老家我们同辈人当中，上小学时曾经常欺负我的那个人走了，小名叫“二书”，在双港那边船厂干活，跌死了。我说，上次来老家不是还好好的嘛，她说，就一个星期前的事。然后，她又说谁谁也走了，姓张，后大圩的，你们该认识的，车祸，已经两年多了……在父母墓前，栽着花，说着离去的人和事，人生无常的悲凉阵阵袭来，顿感无所适从。无语中，把眼眶中打转的泪水硬生生地抹着咽了回去。

走在乡村的小路上，那是一条被老家庄稼人耕种得越来越窄的小路。路上，电动车有拖豆子的，也有拖花生的。地里，有正在收割的，也有在收完玉米的地里耙地耕种。秋忙时节，农人是难得闲的，白天忙地里的，晚上还要在家门口忙碌玉米脱粒、摘取花生等农活。仰望着灰白色不够明朗的天空，看着太阳时而钻进云层，时而又探出头来，心绪也跟着忽东忽西的。

父母亲生前信仰耶稣，生活能自理的时候周日都要去教堂“赶礼拜”。在我家居住的日子，我担心二老去教堂时路上车多不安全，就会抽空护送他们去。出发时，父亲每次都要挎着他的黑包包，沉沉的，里面装着厚厚的《圣经》和几本《赞美诗》，劝他少带一本也说不行。记得有一年圣诞节，天冷风大。我送二老去交通局附近的教堂看戏，一直在那陪伴等着结束一起回来。教堂里千人有余，现场气氛与我平时从事的工作完全不同。那种对宗教的虔诚让我有些“肃然起敬”，回家后写下《寻找心中的天堂》短文，以为纪念。

我不知道，是否有天堂。在那以前，二老只要说“好人死后就能进天堂”，我就报以“不屑”的表情反问，天堂在哪呀？谁看见过？自打陪父母亲在教堂度过那个圣诞节后，父母亲再说“有天堂”，我就乖巧地说“好吧”！

有一次父亲身体不适，我请开药店的朋友顾玲玲到家里为他挂吊针，他却惦记着没能去教堂“赶礼拜”。我就安慰二老说，没关系，我来给你们讲课。父亲说，你会讲什么呀，我说，你听听看呗！于是，我取过《圣经》，凭着自己做过教师的经验，有选择性地用老人容易听懂的方式讲了几段。我问父亲，教堂讲圣经，是不是就这些内容啊？父亲笑着说，差不多差不多。我又撒娇似地问母亲，你闺女讲得咋样，也不丑吧！母亲开心地笑，还直点头。

母亲走后，我还是个唯物主义者。但心中开始实实在在地期待，期待远方真有天堂。思念中，我常常祈祷天堂的灯要亮，还要有一扇明亮的窗户。希冀那儿有花有草有庄稼，有父母亲熟悉的四季与村庄。我越来越深信，父母亲现在生活的地方叫“天堂”，那里一样有爱有温暖。

2017.10.20

拥抱生活

新年的钟声，悠然响过。晨光，唤醒沉睡的大地。晨风拂面，送来丝丝清新。伴着女儿甜美的笑声，踏着晨露，汇入晨练的行列，贪婪地拥抱猴年的第一轮朝阳。

跋涉中，送走远去的往昔。希冀里，迎来我和女儿的本命年。品尝人生百味，沉淀酸和苦，咀嚼甘与乐，珍藏美与好！

父母对我说，“生活中哪能没有坑坑洼洼？绊倒了，赶紧起来，把灰掸掸。再往前走！”

朋友对我说，“人生没有一帆风顺，逆境中更要学会坚强！”

女儿对我说，“妈妈，我要你笑，笑起来的皱纹我也喜欢！”

与女儿朝夕相对的日子，懂事的她，给予我太多的支撑与鼓励。坎坷暗淡的时光中，女儿未涉尘世的纯净，让我慢慢变得平和。谢谢宝贝女儿，你教给我笑和乐，教会我宽容和坦然。

生活是真实的，百般滋味告诉我，用真心去拥抱每一个日子。真正的快乐，在天地之间，在得失之外。我的目光不再迷茫，脚步不再飘浮。每个日出日落，也渐渐变得饱满充实。

2004 年新春

留住，留住

这场雨下得真透，连着下了两天，似乎还没有停下的意思。湿了庄稼，湿了土地，湿了无处安放的心情。

夜间醒来，窗外噼啪作响的雨声，田野里隐约传来的阵阵蛙鸣，在这个初来乍到的立夏之夜，还是搅乱了正常节奏的睡眠。我的蜗居位于城乡结合部，可见风吹麦浪的欣喜，可闻雨落翠竹的曼妙。这个时节，极易生长的油菜，是随处可见的风景，一撮、一块、一片，它们显然成为初夏里的丰满一簇，完全退落昔日金灿的黄花，唯有小小的油菜籽躲藏在豆荚里，一天比一天圆滚起来。农家的舍前屋后，院落藤架上与之相伴的，还有那开着紫色花朵诱人味蕾的青青豌豆，不言不语的长藤瓜蔬。

自然万物，动静有道。庄稼种了收，收了种，一茬接着一茬。而时间，走了就走了，一去不返。时间，自个走了便罢，却为何还要带走我熟悉的过往，带走今生今世你我父女相守的缘。

春盛亦为浅夏时。三年前，就是这样一个红了樱桃了绿了芭蕉的立夏时节，我没能留住你，就像无法留住那个春天一样。一年，一年，又一年。默然送春归去，徒留一腔怅惘。雨水不紧不慢地洒落，记忆在三杯两盏中晃动。

车子在乡间道路上行驶，脚下这片沙土地，曾经熟悉的不能再熟悉了。我的衣胞之地，儿时光着脚丫随性奔跑的乐园。如今，这里虽然已没有可栖息的老屋，但仍是我常常午夜梦回的所在。静静长眠于此的故去亲人呀，每一次，我祭亲的脚步总有几许蹒跚。

距离父母亲墓地越来越近，而眼前几百米长的泥土路，经过雨水的浸泡，已实在不能称其为路。车子搁浅，车轮不停地打滑，我使尽全身力气帮着侄女推车。车辆翻起的泥巴像大大的雨点甩向身上，甩向车窗玻璃。白白的车子很快变得面目全非，我也变成了滑稽的“泥女子”。好在，车子安全驶出泥坑水洼。

老家，似乎变得有些虚幻。尤其化肥农药的熟练使用，土地已不像孩提时那般松软；淤塞的沟壑，不见了清清河水的踪影；成堆的垃圾，令人担忧它没有去处；外出打工的青壮年们，目光里充满轻飘……而我，仍然无法放弃心中的那份执念，希冀眼前天蓝水清树绿，希冀鸟儿欢歌农人舒畅。这里，毕竟是自己根之所在。

曾经被父母亲千万次抚摸过的庄稼，是我心中最温暖的图画；曾经被父母亲千万次耕种收获的土地，养育了我与我的兄弟姐妹。那位八个孩子家庭的主心骨，一生刚强有余的男人，是我时常思念着的父亲。

父亲，你回到了属于自己的土地，回到了于你先走一步的我母亲的身旁。三年了，整整三年。2015 年的 5 月 6 日，在疼痛中你合上了游离的目光。不再漂泊，不再寄居，终皈依了心心念念的故土老家。

我想留住，就像想挽留住母亲一样。结果，紧紧攥着的手，只能无力地松开。

五月的日子，依然有花开，有果熟，有似曾相识一眼望不到头的麦儿翻卷。只是，再也不能触摸到你削瘦有力的双手。

叹息，长长的叹息。于雨中，于墓前，安放好两盆尚未开花的栀子，一任零乱的心绪，随雨散落于无奈的风中。昨夜醒来，打开枕边之书，再读阿紫老师《父亲的麦地》，回味与父母亲相处的旧日时光，久久不能成眠。

在这样一个日子，置身四周泛起麦汁清香的田野，我于心里轻轻地默念："父亲/我又来了/来到您的麦地/您依旧是/宁静地沉睡/依旧是/您离去时/眼角的那一滴泪/深深地烙进我的心底"……

2018 年 5 月 6 日 雨

第三辑

恋海情思

恋海情思

不知为什么，多少年来物换星移世事变迁，唯有对大海的向往和眷恋痴情如一。影视中的海，书本上的海，他人口中的海，无不在我的脑中扎根。心中有海，梦里有海，与大海的情缘割扯不断。这也算是情有独钟吧！

记得第一次看海，那是1987年暑假。带着对学校生活的留恋和即将走上社会的期待，几个同学结伴到连云港海边游玩，初见大海时那种兴奋与激动，一直无以言表。我们，情不自禁地对着大海大喊大叫手舞足蹈。我，被它梦一般的蔚蓝所吸引，更被它包容的气势所征服。

那会，正是青春肆意的年龄。海滩上印下欢歌笑语，尽写烂漫风情。而海的博大也深深地刻进我的心里，慢慢地融入我的人生。

今年“七一”，因受江苏三圩盐场党支部邀请去上党课，逗留了一天时间，一股想看看家乡黄海的欲念猛涨。那天，夏阳不算炎酷，天气略嫌闷热。在我的提议下，同行的成贵书记、时荣科长与我一道去了海边。坐着吉普，一路颠簸，海风不时传递着腥咸的气息。放眼望去，天地相守，空旷绵延，圩埂池间走动的身影依稀可见。路边堆旁，最显眼的当数那成片成段的盐蒿菜。盐蒿菜，学名海英草。时下，此菜已成为不少城里人酒桌上爱摆的冷碟小菜。无垠的滩涂，大概称得上是海英草真正的家园。它们在那里长得自自然然，茂茂盛盛。红绿相伴却艳而不俗，美而不炫。真可谓潇潇洒洒，尽展风姿。

离海越来越近。路两边不时有赶海的人往返，水面上偶尔有海鸥和一些不知名的海鸟驻足、掠过。未经意间，我的浅色套裙被窗外飞进的“滩泥”重重吻了两下，无奈，只好笑纳大海赐予的特殊欢迎“礼节”。

车一停稳，我们便脱掉鞋袜，赤脚沿着圩埂，向海边奔去，童年的乐趣好像一下子涌到身边。马兄不时提醒我当心，千万不要划破脚。我如实笑答：“放心好啦，农村长大的孩子没那么娇嫩。”真的到了海水跟前，我们又不知从何处下脚而犹豫。经赶海人的指点，总算小心翼翼地下了海，兴奋随之陡增。

脚下的海，远不似影视中书本上描绘的一片蔚蓝清澈。每踩一脚，每迈一步，都是一脚一腿的泥水沙。赶海人告诉我们，眼前这片叫淤滩，离清水地方还有蛮远的一段路呢。不过，此处大海的宽阔倒是能一览无余。海风拂面，顿生心旷神怡之感。我想，若不真正亲近大海，可能是无法体会得如此真切的。三人同行，谈笑甚欢，一点不觉得累。只是有点遗憾，我们都没有“拾海”经验，“战果”甚微。马兄笑言，我们此行此意不在此也。细想，还真是此理。

让我感触颇深的，还是面对那群真正的赶海人。他们晴天雨天风中浪里，汗水拌着泥水，“号声”和着涛声，知海恋海更离不开海。大海的潮起潮落，记述着他们的酸甜苦辣，他们在与大海的搏动中，洒下艰辛收获希望。有了这群赶海人，使大海增添了勃发的生命活力，他们与块块点点的绿洲相应，一同抒写着生命的顽强，成为极具魅力的风景。相对于这些真正意义上的赶海群，我们也算是靠近大海看了风景。

其实，人生不就如海么，也有潮涨潮落。下过海的人也好，未下过海的人也罢，人人都在“赶海”。我们这群“赶海人”，只有勇立潮头搏风击浪，辛勤劳作奋斗不止，才会永远拥有希望和收获。

2001.8.8

失　落

独自走在秋日的黄昏，有些许凉意，些许萧瑟，还有些许伤感。

浩浩，一个年轻俊俏的女孩。七月一日，我和她曾一同在市委党校参加宣传文化干部短训学习，因而有过几天的接触交流。干练的她，留给我极深的印象。

而再次听到她的消息时，竟然是她走了！她走在下村工作的途中，一场突发车祸带走了她年轻的生命。走得这么急，匆忙得让我无法相信自己的耳朵。23 岁，一朵开得正艳的花，就这样凋谢在不该落幕的季节。她还没来得及好好咀嚼这多味的人生，纷纭的世界里，她的生命停留在永远的春季！

孩提时，羡慕成熟渴望长大。于是乎模仿大人装扮，学他们的一举手一投足。在有知有觉中斗转星移，当皱纹悄悄爬上额头，别人也开始恭维你成熟稳重时，我们于不经意间已脱落一份清纯。人们习惯用华比春，实喻秋。当我们笑赞枝头缀满硕果，又有谁能解其中渗透的沧桑。人生，也只不过是春华走向秋实的一个过程。

浩浩走了！走得我心中好痛好痛，痛得我只想认真触摸一下生命的真实。

秋风拂过，总有一些伤感与遗憾挥之不去。世事无常，人活着为何还会有那么多的计较，那么多的为名利所困。人呐！为什么就不能多一分宽容与豁达？

春味浓

养病的时光，过着与平时完全两样的生活。不需要担心几点起床几点休息，不知道也不用知道哪天是星期天。

选择，回到乡下住一段日子。

走在大片大片油菜花间，感受其耀眼的黄，浓郁的香。

不几日，成片的桃林被或深或淡的桃花染如胭脂。乡村山野的春，诱人，逼人，更喜人。尤其是晨间，一缕缕清新的空气扑来，让你总想张开嘴巴使劲多吸几口。

我不知道，自己在寻找什么。先贤说，“天降大任于斯人也，必将苦其心智，劳其筋骨，饿其体肤，空乏其身。”我，绝不像要担大任的斯人，但老天却让我的心智苦至无法言语。一度心哀，与死何异？精神之饿，让人疯狂。可老天还没怜我，还来惩罚我的体肤。于是，我，索性让自己的筋骨一起劳累。将自己交给土地，钻于荒草间，挥起镰刀镐头。日出而起，日落而息。听鸡叫狗吠，笑看驴拉车羊吃草。只祈求，让自己的思想停滞。累了，和大叔大妈一样，或坐或蹲或卧于田头树下。

很少再为戏中的儿女情长而流泪。关心的是哪天春分，哪日清明；谷雨到了，该播种啥。久旱，则祈祷老天，快降雨吧！不少城市人提到农民，总会瞧不起看不上，还会把诸多缺点归之于农民。其实，做个农民有啥不好。自给自足，知足常乐，有啥不好呢？难道，非要生活在所谓上等阶层钩心斗角，在仕途上谋个一官半职，方为人生？

天，渐渐地黑了。独自走在那片有待开垦的荒僻山野，心游，神飘。干完一天农活，全身像散架似的。两条腿机械地前移，踩着那片异乡的土地，忽然觉得轻飘飘的。女人，似一叶浮萍，没有根，随风飘零。嫁鸡随鸡，虽说不够文雅，却一针见血。再强的女人，她都得寻找生存的根。根，在哪里？根是什么？难道就是过日子的那个男人么？

清明节，回老家祭祖。我的目光，停留在那些祖坟上，思忖着。我不知什么时候，也会成为他们中的一员。当然，要想获得这样的资格，必须随着某个男人的名分，才能名正言顺地葬到那一片祖坟地。想到此，不禁摇头失笑，与眼前的气氛错了位。

生活在楼房里的我，一年年地过着春夏秋冬。今年春天，自己离土地很近，感觉春味最浓。

清明时节

昨天下午开始，风呼啦啦地刮，搅得心绪不能安宁。清明，这个春天里的节日，似乎有意与生机勃发的景象不搭调。踏青，扫墓，两词为何紧紧关连着？两种行为撞击，逝去的与活着的在这里交汇交流，让春成为一个名副其实最不寂寞的季节。

生死，乃自然规律，谁都回避不了。生命缘于偶然，父母亲创造了我们。来到这个世上，谁都想能好好的活着。活着时，本是一个个凡胎肉身，却总想活得不平凡。似乎不折腾，就活得没滋味了。生命，一趟单行旅程。旅程的距离，说长就长，说短也短。可这长短，由不得自己控制。明知这趟不定的旅程，人们还是喜欢使劲地往旅行包里塞满各种各样的东西。名呀，利呀，财呀，色呀……不一而足。哪怕背得东西越来越沉，哪怕压弯了腰，累得喘不过气。有用的，没用的，是自己的，不是自己的，都舍不得拉下。

前几日，从外地回来，听到又一故人离世消息。高维俊，才气满满，性情中人。在工作中多次合作相谈的一幕幕，明明如昨，清晰历历。他仅长我四岁，突发心肌梗死亡。这个夜晚，注定夜深人不静，脑子乱糟糟的。那种怅然，那种对生命脆弱的无奈，折磨得久久不能入睡。看来，今夜失眠。生死，仅一步之遥，而要看透生死关为何又是那样的不易呢?

活着,需要勇气。面对死亡,我们需要加倍的勇气。

清明节,每当为逝去亲人的坟墓添上一抔新土或植上一株花草时,那种空寂缥缈简直要掏干自己的肉身。感觉他们若远若近,似乎在某个地方等着,等着有一天重逢。天上没有雨纷纷,时空相阻也断魂。

已故的亲人,朋友,在你们的世界里轻装前行吧!

2011.4.2

又一秋

橙黄橘绿正当时，又是一年秋意浓。

向来喜秋胜过春。春的躁动，似乎更适宜少男少女。唯秋高气爽又不失厚实，更能令我着迷。

带着夏日火热余温，初秋羞答答走来。丝丝凉意给人意外的惊喜，那就轻轻地握住吧，不要扰着她。家乡的秋意，最明显的呈现就是“早晚凉”。当然，还有秋雨。秋雨，少了夏天雷暴雨的狂野，多出几分温柔。雨，会隔三岔五地来，偶尔也会不约而至。雨下起来，有时一小阵子，有时连绵半天整日也说不准。喜欢秋，算上秋雨是必须的，喜欢听着音乐在秋雨中漫步。

秋天，既收获也播种。文人墨客描写秋实真乃举不胜举，恕笔拙无法表述。我呢，只知道对着秋天的树木花草，总想多看几眼。面对棉白稻黄、榴红橘绿，忍不住想去抚摸，去深嗅，更想大声歌唱。收获之后，仍不忘耕耘播种，期待下季，这正是华实之秋吧！

春的蓬勃，夏的奔放，沉淀了秋的厚实。天蓝，地丰；牛壮，羊肥。农家人手更忙脚更勤，心里装满收获的期盼与喜悦。像我们这些闲人，也沾着收获的喜气，分享着秋带给辛劳人的厚厚馈赠。

秋　语

一直说，秋天，收获的季节。

当接近田野，触摸土地，收割庄稼，这种体会才更为真切。

以前，静坐家中，只要说到秋天，理所当然地觉得到处是金黄色的。其实，眼前山村的秋天，仍是姹紫嫣红精彩纷呈。

一棵棵青青的山枣树，缀满大大小小的枣子。青青的，慢慢变白，再变枣红（也有紫红、橘红）。石榴挂在树上，颜色似乎天天变样，青红相间。大红袍，大青皮，不同品种的石榴各具特色，饱满地龇牙咧嘴。玉米棒子，一层青衣白胡，慢慢变老变色。秋天的庄稼，简直一天一个样，那种生命的变化真是奇妙。

棉花白花花，朵朵摇曳枝头。

南瓜，青的，黄的，红的。躺着的，挂着的，各种姿势，就像在田野中玩耍。

只有花生，地瓜，这些在泥土中安静地卧着，像在等待什么。

秋天，收获了。颗粒归仓，农民熟练而有序。

秋天，也是播种的季节。油菜，小麦，播种了。

农民一直忙碌着，在希望的田野上。

2011.10.4

秋夜风语

夜幕深沉，一轮朗月在东方升起，越来越高，渐渐地明亮起来。

深秋的风吹过，多了几分寒意。远处的灯火一簇一簇地闪烁，似夜空的星星。路灯，还是一成不变地那样亮着，世间的一切似乎于它无关。

秋在远行，向冬的方向出发。再热烈的夏，终被留在身后。这是自然，也是宿命。

他乡的你，还好么？你是否也会伫立窗前，遥望远方，任心思游离；是否会在某个瞬间，突然把别人的背影重叠；是否会在深夜里突然醒来，再也无法入眠。索性起来，泡上两杯绿茶，一杯给自己，另一杯为你留着。

好多时候，我把自己滞留于文字里，一任无法言说的情绪氤氲，就像那透明杯中浮浮沉沉的茶。

文字里藏着四季的秘密。太多的意境，唯有我知道，你也知道。

不说想念，就像月儿和大地。守望，亦是心灵的期许。

2017 秋

秋光美

2017 年 10 月 8 日，星期日。今天，国庆中秋小长假的最后一天。

晨醒，习惯性地摸过手机，简单刷一遍朋友圈。然后，起床洗漱，吃早饭。饭后，展纸取墨，临帖《峄山碑》。就书法而言本人确是一张白纸，小学时候“描红”次数寥寥，沾得手上脸上皆墨汁，因而胆怯逃之夭夭。去年，偶然机会近距离听书法入门课，抖抖簌簌再拿毛笔。一年来，虽做不到每天练习，习字长进也不大。然自从接触方块字的古朴圆韵，竟慢慢地喜欢上墨香的味道。有了闲暇，习惯拿一拿小时候最害怕的毛笔，自娱自乐一番。

前两日，文友小平送给我一本作家孙昕晨老师的文集《也亲切 也孤单》。书封为绿色带竖纹路硬面，触感不错。轻轻打开，首先映入眼帘的是孙老师的近照。帽子，眼镜，围巾，背包，就那样协调地搭配在穿着短袖衫的中年男人身上。笑容，儒雅而温暖。这是我没想到过的作者模样。

接着，我跟着庞余亮老师的序《带着岁月温度的手写体》，进入初读时间。读了第一部分“茫茫”中《因为他的寂寞和澹定》《我有一亩田》两篇，喜欢孙老师这种淡笔浓情的文字。

此刻，阳光肆无忌惮地透过玻璃洒在阳台、拥进房间。半倚在床上的我，合上手中书卷。实在受不了这阳光诱惑，迅速穿衣下楼，将自己沐浴于秋阳之中。

小区不大，绿化养眼。平时，我一直习惯于晚间在小区内散步行走，白天倒是很少溜达。眼前，天空湛蓝，云朵大而白。蓝白相间，相映生辉。蓝的更蓝，白的也更白。美得清透，炫目醉人，直击心房。举起手机“咔嚓、咔嚓”对着天，对着地，流连在树木花草之间，拍着自己心仪的美景。

看着拍下的美照，忍不住想说说身边的花草树木。刚才借着拍景，仔仔细细地欣赏了一番。尤其是小区的树木，我甚喜欢。一喜树木品种多，二喜它们的自然生长。

沿着围墙，生长着茂茂盛盛的翠竹。风，吹过，似乎能听到拔节声或悠扬的竹笛声传来。与翠竹紧紧相连的有石榴、冬青，还有少见的洋槐。初看彼此好像不搭调，但它们却相处甚欢，各有其美。

小区内树的品种有多少呢？目前，我能说上名字的大概有榕树、桂花、银杏树、杨柳树、洋槐树、榆树、松树、枫树、冬青、紫薇。还有一些，叫不出名字。树种类多是我喜欢的，但尤其喜欢它们的生动有趣。小区内的绿化设计者，我觉得是“匠心独具”的，如果不是这样，那至少也是“无心插柳柳成荫”。树木没有刻意地排列组合方阵，品种随意交错，自自然然。少了很多人工雕琢的植物，不呆板，少病态，故而更加活泼盎然。当然，它们的存在，实在是极美的景致，为式样单一的住宅楼房增添了不少意境。

秋风拂来，阵阵袭过的正是浓郁的桂花香。我一遍遍地深呼吸，享受着这大自然的馈赠。

秋光甚好，岁月静美。恭祝诸君安好！

叶落，亦缤纷

立冬以来，小城气温平稳。就像多偷了几日秋光，格外地通透，让人沉醉其间，不舍归去。

听同事说，明天将要迎来降温天气。心情，竟有几分失落。看来，秋，真的要加快远行步伐了。

自从一九九五年来到机关院子里上班，进进出出整整二十二个年头。目睹这里树木的四季轮回，亲切的像左手右手。工作间歇，习惯临窗而望。此时，开过花结完籽的玉兰树仍然非常精神，叶儿多为苍绿色，偶见一两棵略显青翠。挺拔的银杏，叶子由绿泛黄、绿黄相间，或许不久将会在一夜之间被黄色染遍。

树下草坪，落上大大小小的叶子，由前几日的稀疏变得厚密起来。一枚，两枚，三枚，再也数不清楚了。风一吹，又有叶儿飘落。下午的阳光，有几缕洒在树梢上。看过去，树叶青的更青，黄的却显得愈发光彩起来。

都说瓜熟蒂落，叶亦如此。只是叶子，过于单薄，单薄得被人忽视她曾轰轰烈烈地活着。

花草的叶，树木的叶，抑或水稻麦子棉花等各色庄稼的叶。我一直认为，叶，才是生命的引领者，从最先孕育的那一刻，就一直安静地存在，默默地生长。吐风含露，吸吮日月之精华。之后，则源源不断地滋养着花、果实、树枝、树干……

人们会说，红花还需绿叶扶。绿叶，又何止是扶持陪衬呢？叶子，本身就是一种优雅生命的存在。她，静待花儿绽放，笑看果实斗艳，默念枝干遒劲挺拔。人们似乎习惯用“落叶知秋”来辅证她的存在。那么，你一定没有真正留意过她。你注意过吗？她，无处不在，无时不在。她的零落，可能在秋，也可能在春在夏。轻盈地落下，落在她熟透的时候。倘若不是风再度刮起，人们很难感觉到她微弱的呼吸。

劲风起，叶飞舞。绚烂处，叶落亦缤纷。

叶儿，守护着花，守护着果，守护着所爱的一切。哪怕她累了，归于大地，终也化为尘泥更护根。

于叶而言，冬即是春。她从未停下过生命的脚步。

孩子与风筝

无论孩子长多大，走多远，都走不出父母亲的视线。他们，好似放飞的风筝，那根线永远系牵于父母的心上。

——题记

如果把孩子比作放飞的风筝，家长就是那握线的人，我们既要让孩子拥有一片自由飞翔的天空，又不能扯断风筝线。家庭教育同放风筝一样，的确有不少相似相通之处。如果坚持做到放中有收、收放适度，就能收到较为理想的教育效果。

有一位同事，自从孩子入学后，她从未间断过“陪读”，多年如一日，但还是感叹儿子的成绩不甚理想。与之相反，我们楼上老张家，夫妇俩平时忙于生意，闲下来还喜欢打打牌，很少过问孩子的学习生活。等到孩子测验结果下来，满意便罢，不满意便拳脚相向。从实际情况看，目前这两种现象并非少数，还具有一定的代表性。前一类家长确实非常辛苦，对孩子也很负责，他们不仅在孩子学习方面“看”得紧，在生活上往往也是事无巨细包揽在手，孩子自由活动的空间很小。但是，这样时间久了，孩子就会养成一种依赖心理，无形中还会变成滋生惰性的温床，甚至有的孩子觉得自己处处被“监视”“束缚”，从而导致逆反心理的产生，家长也会感到“付出”与“收获”的失衡。后一类型的家长是彻底放手，放过了头，平时对孩子不加关心，知之甚少，偶尔有和孩子交流的机会，也感到难以找到共同语言。孩子就像断了线的风筝，结果呢，家长想收时手中已没有了线，无法收得拢。

我们都明白一个简单的道理，家长不能代孩子吃饭，不能替孩子走路，他们总有一天要长大，要“飞”出父母的怀抱，要独立走上社会。我们有自己的事业要干，有很多的事要做，没有精力也没有必要事事亲为，越俎代庖更不可取。当然，将教育的责任往学校和社会一推了之，让孩子放任自流，同样是不负责任的行为。我想，为人父母者应该尽量给孩子提供健康发展的空间，为他们创造宽松的学习生活环境，做到放而不纵、收中有放。或许这样，我们的“风筝”才会飞得又高又远。

（2000.4 发表于《江苏教育报》《家长》杂志卷首文）

双百分

期中考试，女儿语数得了双百，班级第一名。她跨进门的刹那间，那股兴奋的神采一下子就刻进我的心里。女儿问："妈妈，我考了双百，你奖我什么呀？"我略加思索说："我们就像动画片上大头儿子小头爸爸那样，奖励五个吻吧！"说完，我在那小花似的粉脸上亲了五下，问她开不开心，她说真开心。她接着问我，能不能奖励一点实用的东西，我问她啥叫实用的东西，她说橡皮快用完了，就奖橡皮吧！我很爽快地答应了她。然后，我俩就手拉手跳起快乐的"圆圈舞"。

说实在话，我们都是过来人，都明白学习的"苦"中滋味。每次考试结束，我都会做一些她爱吃的菜，那天也不例外。既算"犒劳"她，但更多的还是想让孩子从"紧张"的考试氛围中走出来，放松一下。饭桌上，我尽量撇开"考试""分数"一类的话题，找一些逗她开心的题外话来说。

此时，夜深人静。望着孩子甜甜的脸，我无睡意。"怎样对待孩子的分数"这一问题，在脑中徘徊，挥之不去。

在应试教育还未转轨至素质教育的今天，家长谈的最多、关心最多的还是孩子的考试分数。每次考试结束后，家长相互见面时问的最多一句，即是对方孩子考了多少分，我就遇到过不少次。大多数家长都很看重孩子卷面上的分数，包括孩子自己也不例外。面对孩子，既不能说考试分数很重要，也无法说考试分数不重要。我想，在重要与不重要之间，作为家长似乎应该多一些对考卷之外世界的思考。

女儿每次把试卷推到面前让签字时，我都郑重其事地对待，一点不马虎。通常的做法，在肯定她成绩的前提下，再帮她分析试卷上“失分”的原因，但从未因分数的多少而责备过她。我不赞成，那些不满意孩子分数时就“横眉冷对”的父母；也不欣赏，那些因孩子考了高分就大肆“物质奖赏”的父母。在孩子成长的路上，我们不能老是盯着分数，分数之外还有更多值得也需要关注的东西。在孩子面前，家长更应该有一颗平常心，让孩子学会从小拥有一颗平常心。那样再回首，孩子将会多一份感激，我们也会少一份遗憾。

（1999.12.13 发表于《家教导报》学习指导栏目）

沟　通

女儿贝贝，上小学一年级。开学两月有余，我已由原先的忐忑转为坦然。她已愉快地适应了学校生活，这与我和她经常交流沟通是分不开的。

记得刚开学时，她胆子很小，上课不爱举手，回答问题声音像蚊子哼哼，写作业的速度也慢。针对这些，平时我无论工作、家务多忙，总会留一定时间给她。上学、放学的路上，成为我俩交流的最佳时间和地点。她给我讲老师、小朋友之间发生的桩桩小事，她讲得头头是道，我这个听众听得津津有味，并不时地加以“评点”，融进自己的思想，让她明白对与错、是与非。她也懂得了什么该做，什么不该做，什么能做，什么不能做。我亦能如数说出她要好朋友的名字，她们有些什么特点喜好等等，这些为我和孩子之间增添不少共同语言。如此坚持下来，她的小脑瓜里想些啥，我能大致明了。一天下来，我会习惯问她：“今天累吗？”“今天有什么开心的事吗？”“想对妈妈说些什么吗？”我俩很多时候更像一对朋友，高兴时可以疯成一团，情绪低落时也会很快渡过难关，她的“苦”与“乐”愿与我一起分享。

当然，与孩子交流的方式是多种多样的，可以是有声的，也可以是无声的。哪怕是一个眼神，一个手势，一个亲昵的动作都行。有选择的陪同孩子看看动画片，一起画画，一起唱歌，一同散步，都有益于增进彼此间的感情与了解。记得，女儿有一次放学回家，我忙于家务，她叫我两声，我说等会儿就到。后来，只见她闷闷不乐，问她饿了？还是身体不舒服？她说都不是，只是想妈妈陪一会儿。听后，我的鼻子竟酸酸的，感触颇深。

生活中有不少家长，往往视孩子是一群不懂什么的小羊羔。其实他们小脑袋里啥都有，同成人一样，有着丰富细腻的感情世界。我们为人父母，除了物质给予外，更多的应予他们以精神上的理解与沟通，真正做孩子的“有心”人。

1999.10

女儿坐车记

近来，常常梦到女儿小时候的样子，这大概是女儿不在身边，日有所思的缘故吧！昨日，与女儿闲聊，她小时点点滴滴的趣事都涌至眼前。仅从她坐车的经历，看她成长的过程，竟也别有一番味道。

女儿拥有的第一部车，是她不会走路时的坐车。小坐车上面带有遮阳的篷布，大人推着她在院子里溜达，故也叫“小推车”。最逗人乐的，就是照看她的小阿姨陈美，常常推着车喂她吃饭，不管乐意不乐意，趁小人儿不备，就递上一勺子，塞进她的嘴里再说。

另一辆则为学步车，就是一个简易的“圈圈”车。女儿自个站在圈子车里推着走，因为车子轻，推的快有时会被推翻，结果是小人儿带车一起倒地。有了学步车，小人儿就有自己的方向。有一次，女儿推着学步车，走到组合柜前拉开衣橱门，把一堆衣服扯拉到地上，弄得我傻了眼也乐开了怀！

三岁以后，女儿能坐稳在大人自行车后面。我那辆绿色永久牌自行车，成为母女出行专用车。为了她安全坐稳，绑在车后座上面的小竹椅更换过好几把。女儿坐在椅子里，我骑着车得不时回望一下，摸摸她，她有时和我说话，有时也能睡得香，这样的日子持续到她幼儿园时光。

后来，我有了一辆木兰车，当时流行的“潇洒”牌小摩托。出行时，女儿则站在我车前踏板上。直到1997年5月，那场突然而至的暴雨冰雹，至今想起仍心有余悸。在接女儿放学回家路上，遇一人横穿马路，只好急刹车，慌乱中可能又按了加油门，结果人车倒地，好在有惊无大险。当时，女儿眼角擦破一点皮（现已没有痕迹）。而我，膀子吊了半个多月，脸上手上至今仍有疤痕。只要女儿没事，我对上苍仍然充满感激。受伤的那段日子，吊着膀子每天去医院换药，家中男子汉从出差回家的那一刻起，没有给过什么好脸色，好像一切都是我的错。我当时就想，如果女儿有个三长两短，他会杀掉我。其实，如果女儿真有什么，不用他做什么，我也不能活。从那次事故后，好久没有勇气骑车，手常常抖得厉害。

因为女儿上学必须有人接送，我只好又买了一部新的自动车。小人儿个子越来越高，前踏板是站不下这个小家伙呢，她开始坐到后座位上。每次出发，我都要习惯说，“贝，坐好了，我走啦!”哪知，新车打火装置不灵敏，尤其冬季天冷，老是打不着火，发动不起来。为此，常让我和女儿失望，甚至发生不愉快。只好临时改乘三轮车赶去学校，偶尔还会迟到。婚姻发生变故的那些日子，我脑中混乱而空白，为了安全只能放弃骑车，坚持每天把女儿送上三轮车去上学。这样的光景，持续半年多。后来，女儿上小学六年级，学习较前紧张，同学们会在晚上一道去老师家里集中学习，而我必须赶在女儿散学时准点接她回家。于是，那辆车重又成了我俩不可缺少的伙伴。

2004年夏天，女儿以优秀的成绩考取盐中读初一，开始住校生活。我知道，那辆风雨相伴载着我俩酸甜人生的车，该悄悄告别我们的生活了。我，不想触景生情，空落落的只剩我一人。再说，自己也不用像以前那样赶时间。徒步，算得上打发时间的上好选择。

这几年，女儿只坐汽车。她每次从学校回来，只有汽车是通向回家的唯一工具。再过几月，她将接受高考的挑战。然后，将会踏上更远的旅程。交通工具，将不仅仅局限于汽车，可能是火车、飞机、轮船啥的。女儿也真的长大了，亭亭玉立。不再是抱着我、贴着后背、坐在我车上、让我反复叮咛坐稳的那个小女孩。

想起那些逝去的忙碌日子，与女儿相依相伴的日子，乃是我今生最留恋的美好时光。

少一场战役

家有小女，年芳十八，健康明洁。从入幼儿园起，我就曾想象有一天，她上大学的模样。小学。初中。高中。女儿与同龄孩子一样，经历着无数次学业的考试。除此之外，打她十岁起，只好无奈地接受并扛起母女相依的日出日落。

她是个不错的孩子。从初中起，女儿凭实力考入盐中。从此，她不再是待在妈妈身边扎着羊角辫的女娃。竞争，由孩时的懵懂，逐渐变得明朗。初长成的少男少女，似不谙世事，又似什么都懂一点。

校园生活，有失落，有惊喜，有汗水，有泪水。尤其进入高中阶段，最让孩子们能记得的就是白黑两种色调。无数白天黑夜的交替，孩子还没有入睡。多少次东方还未亮透，她们不得不从睡梦中爬起。高中的孩子，得经住高考前长跑的考验。一遍又一遍，身体与心灵的煎熬。甩甩头，把不乐意收起。在蔡依林、SHE、周董的歌声充斥耳际时，手中还得握笔，刷刷刷，写着一张张似乎永远没有尽头的作业。实在煎熬够了，几个好朋友冲到 KTV 狂飙一通。而我这个做家长的，只有在远远处，为女儿打气，为女儿祝福。

我们一起等待，一同迎接着高考的来临。

而这一切，没有按照预料的轨迹发展。于高三寒假前夕，女儿参加东大提前招生考试，顺利通过录取。于是，她的人生在这一章节有了小小的变化。她度过没有压力、没有目标、没有竞争的高三最后一学期。用女儿的话说，盲目养床，最慵懒的一段时光。也打破了我之前准备和女儿一起如何应对高考的种种设想。人，一下子从不知如何应对变为身心的彻底松垮。所有的准备都不再需要，所有的等待都提前结束。

我对同事们说，这大概叫傻人有傻福吧！上天也算厚待咱呢，一定看见我俩这些年来比别人过得艰辛，也就少给些磨砺。不管是否叫"福"，天意让我们少了高考场的磨炼，我们就选择"顺应"。从老友陪女儿迎考的篇篇日记中，不难想象置身于那个没有硝烟的战场，是何样感受。

以前，我不相信命，甚至总想与命抗争。可冥冥之中，有一种力量，在无形中操纵着命运。人不可和命斗，苍天有眼，大地有灵。世间，没有什么事是都可以战胜的，也没有什么事是非得战胜不可的。胜负，乃相对而言。战无不胜，只是人类的一个神话。再说，战无不胜焉知祸福也？顺应命运，自然方好。

2010.6.20

小清高地活着

大年初二，三嫂马红来家里。我俩是姑嫂，还是初中同学。

当话题聊到“生活、人生、孩子恋爱和将来就业取向”时，大家观点不一。嫂子比我现实理性，更会生活。到嫂子面前，觉得自己情商就更低了。我这人一直活在自己认定的世界，与现实不能完全融合，也会被人笑话“傻”或死脑筋。在我一根筋中，有一条就死抱着不放，自己能做的事决不去麻烦别人。故在别人眼里，我过得不好且很累。嫂子其人，能说会道，活得现实又潇洒。他人过得好，我真心祝福。自己怎么样，不愿作过多解释。

女儿就不以为然地说我，你不就是那么小清高地活着嘛，你的那些想法，也不都对呀！

我知道，女儿的话中充满很多的不苟同。而我，不是别人。骨子里的东西无法改变得了，终将一生相伴。

我，就那么小清高地活着。怎么啦？不行吗？我并没有要求别人像我一样，也不想模仿别人失去自己。

女儿说，小清高，永远不能代表社会的主流。

我说，自己从没有想代表什么，更没想改变什么。我又何尝不知，就算想改变朝夕相处的另外一个人，都是十分吃力还不易实现的事情。更何况一个群体，乃至社会。历史变迁、社会变更，只有等身上的脓包积得越来越大，直至千疮百孔腐烂变质。那么，迎来的将是大改革大手术大震荡。

昨日翻阅《读者》，有一段话印象深刻。说的是"当今社会，急功近利，市场规则主宰一切的时代，造就了'只剩下一种态度'"（见2012第三期《读者》，作者邵燕祥）。

这个社会，没有什么好与不好。在钱与权面前，有的人喜欢站着，有的人喜欢跪着。人生的路，有人选择走着，有人选择爬着。究竟对与错，凭各自内心的判断，得看自己看重什么，需要什么。

这个世界，似乎谁也管不了谁，谁也代替不了谁。路，都是自己选，都得自己走。当我们选择了一条路，就不能走另一条。脚，只有一双。而我想，每一条路上，都会风景各异，绝不会十全十美。

面对五颜六色的染缸，没有选择跳下去，别人可能会笑话我二，不懂得去享受和融合这个缤纷多彩的现实。我不在乎这些。不是不懂得，而是不喜欢。别人跑着，跪着，爬着，与我无关。我只能站着，走着，小清高地过着日子。

骨子里的东西，与生俱来，最多有掩饰得好与不好的区别。其实，戏剧远没有生活那么活灵活现。当人生走至终点，推到火炉焚烧时，毛发、皮肤、肉很快就能化为烟，变成灰。而只有骨头，无法变成完全的烟灰粉末，它仍然会保留一些残骸。这是我亲眼所见。

2012年1月26日

写给女儿的话

贝：

明天是你的生日，工作上我会是忙碌的一天。通讯的发达，已基本取代了用书信来传情递意。此刻忙中偷闲，和你说上几句。

你知道的，妈妈是一个数控盲。掰开手指数了一下，今年是你二十一周岁生日吧！亭亭玉立，正是最好青春年华。大学生活，是人生的一个重要过渡。学习充电，思考未来，沉淀和升华一些东西。将来从事的工作，不一定与所学专业完全对口，但尽其所能以最好的状态完成大学学业，应该是一个合格大学生很明确的目标。不管以后做什么，优秀学业乃是现阶段校园生活一种较高的客观评价，也会是走向社会的一个良好开端。

想起十月怀胎反应强烈，从未间断。两夜一天的分娩疼痛，记忆如昨。月子里，爱哭闹的你一夜都未消停过，就这样抱着你每天熬到凌晨。真是烦人的小家伙！好在，这一切，相比你这二十一年成长带来的快乐，都算个“泡泡”。

你是上帝送给妈妈最好的宝贝。有了你，我体会到天下父母心，知道如何更好地回报生养自己的父母；有了你，不论什么境况，首先会想到自己是一位母亲，母亲的爱不需要回报；有了你，我试着换位思考感受你的喜怒哀乐，因为妈妈也曾年轻过；有了你，我学着与时俱进期待缩小“代沟”，让成长在互动中寻求“契合”。有一种理念说“女儿要娇养”，我不反对。但在你成长的路上，我可能无法给予你太多的物质支持，只能尽力而为。再说，物质享受只是生活的一部分。如果说，在你成长的路上，妈妈付出了一些劳动，那也是本能和责任。生了，就得养，养了有所教。我不能理解一些父母，如果孩子没有达到他们想象期待中的那般“成功和优秀”，就会无休止地抱怨曾经的付出，甚至变得“歇斯底里”，抓狂得伤了自己更伤了孩子。孩子优秀，父母当然骄傲。但优秀的含义，不同的人有不同的理解。在社会这个大群体，杰出的人毕竟是极少数，优秀的人也是少数。相对而言，普通人居多，绝大多数人都在过着普通的日子。

我们都在摸索中走路，未来是不可知的。正因为这样，我们才有兴趣向前，品尝人生的过程。在此，有几点感受与女儿共勉。

保持健康美丽。健康是本钱，是一切的基础。你知道的，美丽和漂亮是不同的。美丽的人，美丽的心情，美丽的人生等等，有更深的内涵。

尽量拓宽视野。不管是学习、工作还是生活，视野很重要。视野阔，让你会有一些惊喜的发现，会看到别人所看不到的地方和看不见的东西，会有意外的帮助与收获。

修炼宽广心胸。不管男孩子还是女孩，男人还是女人，切忌小肚鸡肠。心胸大，能容人，能成事。成大事者，一定是大胸襟。大胸襟者，大气了别人，更风度了自己。

学会从善如流。不管做人还是做事，都不可能一帆风顺。出一些差错，多绕了路，也不打紧。关键，当你陷入一种困境时，切勿钻牛角尖；当你迷茫不知该往哪个方向前行时，不妨驻足听一下来自亲朋好友善意的建议，在这个拐点上调准前进的方向。

做事注重细节。工作和生活，都是由每个细节组成。好的计划固然重要，但计划的落实要通过实践来完成，也处在不断完善和调整中。而这个链条中，每一环都有它的重要性，每一个细节都不要忽略。细节决定成败，很有道理。

亲爱的宝贝，今天就给你叨唠这些。你是个有思想懂道理的孩子，无论学习、工作或者情感，只要是你用心思考后作出的决定，妈妈都会支持你。不管到哪里，不管哪一天，妈妈都愿意做你心灵的加油站。愿女儿一生健康美丽平安快乐！这，是我永远的祝福。

爱你的妈妈。

2013.9.22

一世情缘

今天是女儿生日，我对妞妞说“生日快乐”！

妞妞，1992 年 9 月 23 日凌晨四点零五分，你的降临，注定我俩今世的母女情缘。有知有觉中，日子过得越来越快。转眼间，你也工作一年有余。妈妈高兴之余，也常有些惶恐。梦见的都是你孩时的样子，可能只有那些日子我俩形影相随，烙进生命、深入脑海。你一天天长大，也就是聚少离多的开始。人生就是这样吧，一场宴席终究要散场，只是时间长短而已。

你知道的，这两年，你外婆外公的相继离世，对我而言，是人生最痛的记忆。一位好友安慰我时，将龙应台的那段话转赠，“我慢慢地、慢慢地了解到，所谓父女母子一场，只不过意味着，你和他的缘分就是今生今世不断地在目送他的背影渐行渐远。你站立在小路的这一端，看着他逐渐消失在小路转弯的地方，而且，他用背影默默告诉你：不必追。”人到中年，尝过生死别离，相比之下，其他的苦痛都算不上什么。你妈是个感性多于理性的人，在别人眼里或许有些任性有些傻帽。在妈妈的心里，这些都无关痛痒。我俩今生相逢，母女一场，也算最深的情缘呢。有时心灵相通，有时也不一定能相互理解，这都很正常。因为，在这个世界上，不要指望别人完全理解，最知你懂你的人唯有自己。

至于富贵，今生与我无缘。名与利，皆过眼烟云，早已不列入关心的话题。年轻时曾害怕寂静，现在更害怕喧嚣。以前好多事，渐已模糊不清。想到今天是你的生日，我都不知道送什么样的礼物合适。记得小时候，也都是尊重你的意愿挑选生日礼物。时间过得真快，不服老不行噢。最明显的表现是爱忘事，心有余而力不足。

如果，真要让妈妈回忆往事，值得炫耀的事情基本没有，唯有女儿是心中的骄傲。并不是因为，你凭实力上了一所还算不错的大学，找到一份像样的工作。令我欣慰的，是你健康地长大，不随波逐流，不人云亦云，能有自己的主见和理解，按自己的性情工作生活。我们能像朋友一样聊天说事，彼此分享心灵小秘密。

妞妞，今天是你生日，妈妈为你祝福，祝你每天都开开心心的。套用一句流行语，送给远方的你。开心时就笑，不开心时过会再笑。

珍爱生命，拥抱健康和快乐。永远爱你！

2015.9.23

回　声

爱，心与心的碰撞。可感触，可知晓。冥冥中，有一种呼应。我一直坚信：爱，有回声。

——题记

之一　母亲

如果母亲是雨，那我们就是雨后的彩虹。如果母亲是月，我们就是捧月的心。母亲是我们生长的根，我们是母亲理想的果。

人自出生时便在亲人的呵护下开始成长。虽然人生之路上不会一帆风顺的，但是一种莫大的力量会支持你走下去。不论路有多么艰难，路有多么曲折，只要有这种力量的支持，什么困难都不会怕。这种力量便是母爱。

母亲有大海的胸襟，有太阳的光辉业绩。母亲是所有家族史中无可比拟的第一页，她给予儿女无价的宝藏。

人们常把母亲比作阳光雨露，把孩子比作花草嫩芽。是呀，如果没有阳光沐浴，没有雨露的滋润，那一棵棵幼嫩的小苗怎能茁壮成长，怎能成为一株株茂盛的参天大树，怎能绽放出最迷人、最耀眼的光芒呢？无论在什么时候，母亲总是将她们的爱，默默地奉献给自己的儿女。每一位母亲，在儿女的身上，都倾注着她的希望，寄托着她的憧憬。

母亲用她们的爱滋润着我们的心，是她们教会了我们做人的道理，当你我取得成绩，母亲的笑是最好的回报。但你不难发现，母亲微笑的面庞已多了几缕皱纹；当你我受到挫折，又是母亲用亲切的话语，轻轻抚平儿女心中的伤痕……

母亲，我赞美你！你好比一把钥匙，帮助我们开启那扇心灵之窗。

（此文为女儿就读盐城中学初一(19)班的作文）

之二　星落凡尘

"如果有下辈子，我一定还要做妈妈的女儿。"这是看到老师给的题目后，脑海掠过的第一缕念头。

多少年的浮浮沉沉，已经慢慢将母亲锐利的棱角打磨平滑。曾经风采如她，但如今，她的脸上，只有温润如玉的笑容，和一抹不露痕迹的倦意。只可惜，我渐渐读懂她的表情后，那个曾经明艳的女子已开始老去，记忆中的母亲一直是颀秀且坚强的，看似单薄的肩膀却能负起重任。当我开始长大，开始微笑，开始懂了，映在我瞳仁中的是一次次变故，和母亲汹涌而至的泪水。纵使我依旧有些懵懂，却看得透彻，卸下坚强的母亲，也只是一个脆弱的女子。然而悲伤淡去，母亲仍然是那个母亲，会体贴地微笑对人的母亲。

这个美好的女子把生命中最动人的一段年华给了我和父亲，甘愿天天洗衣做羹汤，任凭岁月将白皙柔软的手掌磨出一个个细细的茧子。她会疲劳，但不会倦怠，因为想让她爱的人，每天，都开心地生活。在工作之余，她还是会安静地坐在电脑前，小口的啜一杯清茶，缓缓敲下一行行文字，在昏黄灯光的切割下，组成一幅安详的画面。在那么一瞬间，我甚至疑惑，母亲到底是不是上帝派给我的守护天使？

也许对文字的迷恋，也是遗传自母亲吧。然而那么淡然的神情，暂时，还不会出现在我的脸上。从记事起，她教我学习，教我生活，教我交往，教我做人，独独漏掉的，是教我怎样活得如此坚强淡然。她总是说，年轻时，“放肆点”，“疯狂点”，都没关系，主要是去爱，去恨，去体会，完完全全地把心放开，这样以后才不会觉得遗憾。但是，怎样的一双眼睛，才能盛下像大海一样宽阔而深刻的情感？

这么美好的女子，真的是流星不小心坠落到凡间变的吧。看着那双琥珀色温柔的眼眸，我想。

流星只坠一瞬，然而，我会用最强的力量，让她，成为我生命中永远的恒星。

感谢母亲，给了我生命，教我如何去爱。虽然流星易逝，但是我永远会清楚地记得，生命中那些温暖而美好的事情。

I still believe you are the only star!

（此文为女儿张悦就读盐中初二时的作文）

之三　滋味

如果可以将每一次浅尝的滋味铭记成年轮里的地老天荒，那么记忆里的颜色，纵然黑白，也应涂了色彩吧？——题记

成长是一份五味俱全的沙拉。

童年留给我们的是清淡的回忆，旧照片里白墙黑瓦前笑容稚气的我们；父母零乱的笔记里所提及的只言片语；衣橱的最深处偶尔被翻

出的花棉袄，抑或是新年扫尘时被清理出的包在纸包里的乳牙。

这些给我们找回记忆的东西。逐渐褪色成苍白。无论是否被父母打得哭红眼，那些无法忘却斑斓糖果与漂亮的玩偶模型让我们将“童年”这个词深埋成记忆里的甜。因为毫无负担与责任，而甜的格外通透美好。

青春是鲜艳诱人的鸡尾酒，种类纷杂，每个人都有自己特有的偏爱滋味。满意的成绩单是毫无杂味的甜；看到喜欢的东西却不能拥有时是如梅子般绵绵不绝的酸；被老师或又母责备是泪水所浸泡的苦与咸；还不能收放自如的自己对于看不惯的行为出口便是呛声的辣。

但所有滋味也都像那层次分明的鸡尾酒，青春中的我们不屑隐藏，我们的世界光暗分明，我们渴望的是“对酒当歌，人生几何”的洒脱与肆意，我们追求的是鲜衣怒马，把握现在的稚气与绚烂！

不是清茗泡沫微摇的涩然滋味，也不是咖啡浓烈的焦香馥郁。青春里的滋味是绚烂多姿的，看到自己一天天的成长，泪水是一种甜蜜，疼痛也在所不惜。明明是一口可以尝到底的色泽，经历了才发现，那甜酸交织的滋味，只有在其中歌唱的人，才能体会出三分享受、七分迷茫。

那些看似透明澄净的东西。其实是被沉淀后安静的假象。暗涌的波涛，是我们内心百转千回却不想吐露的秘密，隐藏了多少关于我们的爱与时光。

但这都是属于我们的锦瑟年华，无论酸甜苦辣，无论我们在其中得到了什么，又丢失了什么。

——就让眼泪都变成回忆里最动人的风景好了。

成长的五味，就让我们丰富那人生的滋味。

——它让我们鼓起勇气，一路前进。

（此文为女儿就读盐中高二时作文）

第四辑

朝花夕拾

在冬的眉眼间，走来

初冬时节，瑞雪飘至。我的小城增添几份湿润和妩媚。岁月静好，四季总是在不动声色中更替。而日子，常常在辗转中匆匆流逝。站在季节之外，心海起伏。注定了，这个丰年的冬季格外多情。因为，你，在殷切期盼中迎面走来。

河海相依，古关雄踞。“东走云梯夜有声”“入海尚含千里势”，这是清代耿微雨笔下的诗情。“灌河跌宕向东流”“挽起云梯三万丈”，这是现代人眼中的画意。注定了，某个时候会在这里不期而遇。因为，你，独属于这座崛起的小城。

邂逅你我，牵手即缘。方寸文艺平台，一首诗，一篇散文，一幅书画，一张照片，一则不短不长的故事，皆是心的唱响。你将激情诉诸于笔端，我将美好倾听于心海。在这里，你不妨稍作停留栖息，放慢匆匆前行的脚步，舒缓忙碌疲惫的身心。在这里，你可以揣着满腔梦想，碾一轮日月流转成光阴，走一程风雨幻化成剪影。在这里，你可以将过往流年扎成纸鸢放飞，诗意成一行行艳羡的目光。今天，在这里相约，让我们用慧眼去洞察，巧手去描绘，静心去感悟。俄国作家契诃夫说，“艺术给我们插上翅膀，把我们带到很远很远的地方。”这就是文艺精神家园的魅力吧！

今年，喜逢小城五十华诞。回首往事，我们感慨万千。半个世纪寒来暑往风雨兼程，五十载披星戴月持续奋斗。工业崛起，农业赶超，文明提升，人民安居。改革开放，让这片灵动的“水”城变得生机盎然；绿色共享，为古老的“云梯”架设美丽的彩虹。展望未来，我们信心百倍。“产业强县、生态立县、富民兴县，建设全面小康社会”的奋进号角已经吹响。小城，正经历着又一次新的涅槃。每一次涅槃中，文艺“早行人”的步履有迹可循。回眸《灌河潮》，一群笔耕者劳作的身影依稀可见，用艺术留住精彩，分享感动，是你我不变的情怀。“文章合为时而著，歌诗合为事而作。”酝酿已久的文艺刊物《云梯关》应运而生，与大家见面。

唯有付出，才会收获。我们可以放飞想象的翅膀，但定要脚踩坚实的大地。不忘初心，追求真善美。力呈有筋骨、有道德、有温度的艺术佳作，培植乡土文化，扶持文艺新秀。既期待给你带来“风物长宜放眼量”的启发、“出淤泥而不染，濯清涟而不妖”的净化，更希冀能给你带来“欲穷千里目，更上一层楼”的跃升。愿轻轻地走进《云梯关》这片心灵绿地，如老友相逢，无须过多寒暄，聆听花开花落，沐浴阳光雨露。

（写于 2016 年冬月，响水县文艺刊物《云梯关》创刊卷首文）

灌水东流，向大海

新年的日历，从指尖间轻拈翻过一页又一页。春，已拉开帷幕。雨水，悄然滋润着脚下的田野。麦苗，恣意地享受着大片大片的绿。

“冻痕销水中，波起轻摇绿。”行走于河堤之上，感受潮的气息。这条充斥着小城人爱恋情结的大河，日复一日，不知疲倦地流淌。趟着河潮的少男少女、男人女人，总爱把自己也幻化成滴滴灌水，融入多情的水流。心中那把希望的桨，从未停止划拨。向前，再向前。

风，正从不远处吹来，和着泥土的腥甜飘过，时淡时浓。货船的马达声由远而近，又渐渐远去。船家的谈笑，冲淡了瞬间的恍惚。极目处，灌桥似练横跨南北。群鲸畅游灌河的画面，也呼啦涌到了眼前。

此刻的灌水，没有跌宕轰鸣。在阳光的照射下，倒更显温和而沉稳。船过处，推起的浪花，亦很快归于平静。唯见，波光漉漉。

河岸，路旁，小草多蜷缩在枯黄的冬衣中。俏立枝头的梅，饱吮了冬的精华，嫣然含笑。置身于这样一个初春的午后，独自漫步，不由地想到那群喜爱舞文弄墨的伙伴与诞生不久的文艺刊物。婴儿的第一声啼哭，带给大人的不仅仅是欣喜和忙碌，还有几许忐忑。我想，世上没有天生的父母，努力和孩子一起成长，应该算是明智的。哪怕青涩地拨动春天的琴弦，只为来自心灵深处的吟唱。

仰望大师，心生虔诚。俯瞰长河，心怀谦卑。匆忙跻身于小城艺家圈内，感恩工作时亦能有与文字书画交心的机会。在多种称呼中，偏爱“作者”一说。作者，创作的人。你创作，我欣赏。你爱写，我愿读。这，就是不错的景致。

新春的钟声，仍在耳畔回响，雄浑而悠长。《儿时年味》或已渐行渐远，《父亲的年规》伴着温馨的记忆却历久弥新。轻叩记忆之门，心底那份柔软便触手可及。《月夜思乡》铺满心灵，《归乡》意真情更怯。我们在思念中团聚，又于相守后话别。

冬，去了。春的脚步，依然轻盈。

2017——我在此等候，与你共赴冬雪之暖的约定。看，那一抹新绿，正期盼着邂逅的美好。启程，来一场心灵之旅吧！且留白行囊，带上像管峻老师那样独属于自己的《光荣之笔》，出发。

在这跋涉前行的人群中，有你，有我。有见过的，未见过的。就像眼前的灌水，终将与无数条有名的、无名的江河汇聚，澎湃成浩瀚海洋。

（写于丁酉年雨水前夕，2017年第一期《云梯关》卷首文）

春雨，如酥

二月二，龙抬头。龙轻轻地翘头，多情的泪，落成一地春雨。

春天的雨，时紧时缓。有时任性起来，密密如织，不知道歇息，让楼宇中的人们春困得有些倦怠。雨，落在玻璃窗，淅沥作响。窗外，飘浮着忽明或暗的春潮。鸟儿的啁啾，是清晨最悦心的耳语。土地，在雨水的滋润下越发放松。

春雨，更多时候应是温柔的吧。印象中，江南杏花烟雨尤甚。此时，眼前的雨也变得似有似无，舒缓得像一首小夜曲。飘过。细如发丝，拂面无痕。吾独自，不急不缓，漫步其间。手中的花雨伞，被主人无聊地甩来甩去，俨然多余。

河畔。路边。沟圩。油菜，绿得有些抢眼。一棵，一撮，一片，都不分彼此地绿着。它们看惯冬风，亦笑纳春风。偶尔，有些急性子的开出一朵两朵菜花，你也不必惊诧。不久的日子，金灿灿的油菜花，将大摇大摆地成为春色的主角，招蜂引蝶一定不归它的错，结籽出油方是其本色。

春寒料峭中，苏北平原也有杏白桃红，显然还未成气候。水边的杨柳，吐出浅绿的新芽，随风轻摆，掩饰不住渐露的婀娜。芦苇，蒲草，窝在枯黄的冬衣里，不顾流水的敦促，相互偷看。松树，翠竹，这些岁寒之友，泰然地享受着春雨的抚摸，更加蓬勃有力。那一棵棵玉兰树，能算得上松竹的姊妹，俊秀中透着挺拔。

漫无目的，于烟雨蒙蒙中踟蹰。故人远行，归人亦远行。一些熟稔在心的名人佳句，此刻竟被时空阻断，逃离脑际不见行踪。草木轮回，春来生。多么希冀，岁月轮转，时光驻足。渴望与你，能再来一场心灵的约会。在这百草萌芽的时节，且让透彻的春雨，来沐浴干涸的心田。可否记得，曾经嬉卧草地的午后，一把湿发涌向你我的额角，你轻轻地绺起连同滑出眼角的泪。如雾的双眸，升起的那枚水月亮，是否仍掬于你的掌心？

初春，万物充满期待。就算，那些蜷缩的小草，正于如酥的春雨里，期待更为热烈的阳光与日渐回暖的土地。

触摸云梯，听涛声

这是一片怎样的土地？七百年前，曾为沧海。后经黄河夺淮，渐成桑田。

四月春浓，阳光正好。一树一树的花儿竞相绽放，仿佛燕在梁间呢喃。鸟鸣鸢飞，灵动春色无限。清明，承载着这个时节一份别样的记忆。梦里梦外，思念在如酥春雨中牵魂，让蓬勃的日子沉淀了几许厚重。草儿，也不管不顾地疯长，像要和庄稼争夺地盘似的。柳树的身姿越发婀娜，杨树、银杏、梧桐都渐次舒展撑开，如深深浅浅的绿伞，在天空与大地间撒欢。

传说，这儿曾是玉皇大帝家的后花园。而我，更偏爱“天女散花”之美谈。玉帝女儿们在天宫聚会，七个，九个，或许更多。酒过三巡，微醺。嬉闹甚欢，纤纤玉指将采摘的花瓣弹落人间，经“七星泉”汪汪碧水浸润，染就成这片姹紫嫣红。由七星泉水酿制的贡酒“金盘露”亦深得明帝朱元璋的欢心。此后，文人墨客无数，慕名而至，流连忘返。

岁月长河，于斗转星移间流淌。雄关古道的烟尘，会让人浮想联翩。千里海运之权舆，曾经何其显赫？百帆待发之壮观，成为脚下繁华的见证。漕运船队，南来北往。金銮殿上，不时等待着从这里出发的奏章。“起锚了！”船、水撞击的启程声，是这片土地上最动人的告白。

那千亩荷田韩家荡，谁说不是韩湘子的故乡？露沾荷叶晶莹圆润，就算何仙姑“误入藕花深处”也难免凡心荡漾。亭亭玉立不枝不蔓，一场荷的盛会，足以媲美江南水乡。

碑石“古云梯关”，在跌宕东流的水声中，安静地守望。康熙、乾隆、嘉庆和道光四帝御书亲题，“灵渎安澜”“利导东浙”“朝宗普庆”“海神庙”……竹林枫杨深处，闪光的金匾是否仍陷入寂寞的沉思？禹王庙前，接踵而来的四方香客，不乏达官商贾。梵音声声，香雾缭绕间飘散着几度热闹与繁华。

漫步云梯脚下，静静聆听孝子杨公的心跳，感受他舍身“救母护墓”的动天孝情。杨绍先，一个怎样的七尺男儿！抛下功名利禄，拼尽生死之力，只为守护至亲高堂。

轻轻触摸“东南沿海第一关”铮如铁的雄浑，昔日防倭重镇，书写了英勇不屈的壮烈。这条黄河故道啊，蜿蜒多情，悠悠诉说着沧海桑田的过往。

我又一次逗留“最美乡村——云梯关”花海林波之中，深呼吸。伸展双臂，拥抱绿色生态长廊，近距离体验正在构建的和谐家园。情不自禁地想象着，这片土地未来的模样。若干年后，它在后人的笔下又会是怎样的呢？

（写于丁酉年谷雨前夕，2017 年第 2 期《云梯关》卷首文）

赴约，一场别样的心灵之旅

今年，喜逢中国人民解放军建军九十周年。九十年，忆往昔峥嵘岁月稠。华夏好儿郎，义举南昌。一声枪响，唤醒工农千百万，高高升起的锦旗是迎接你的襁褓。瑞金，六百米长红军队列，在豪气干云的铮铮宣誓中踏破夜幕。

回望血与火的硝烟，我想到了“牺牲与悲壮”，看到了“英勇与豪迈”。我们一起吟诵领袖的七律《长征》吧！它浓缩了多少惊险、多少曲折、多少感天地泣鬼神的故事。二万五千里征程啊，每每想起都令人荡气回肠。

重温魏巍《谁是最可爱的人》，感动的泪水依然会为我们的军人——最可爱的人而流。谁又能忘记“朝鲜松骨峰战斗最壮烈的一幕”？它，已化为永恒的丰碑，深烙在中国人民的心上。

军旗高扬，军歌嘹亮，军人豪迈。金黄与鲜红绘就太阳般璀璨夺目的旗帜，那是勇敢和光荣的象征。一首《中国人民解放军进行曲》，响彻五湖四海，穿越大漠戈壁，回荡茫茫天宇。一阕《南乡子·解放陈家港》，似红色之火种燃旺这片土地，将“铁军精神”根植灌河儿女血液之中。

战争与和平让军人有着不同的舞台角色，奉献和忠诚是你最凝练动情的表白，保家卫国则是你永远不变的使命担当。结缘《冬歌文苑》，走近国防卫士，感受他们的家国情怀。《英雄的往事》带我走进战火纷飞的猫耳洞；而《箭在弦上》则记述了空军雷达兵在另样战场英勇作战故事。马骥《初心》不忘、徐伟《军中玫瑰最芬芳》、付怀梅《嫁给军人，我不后悔》、黄明《春风十里，不如军旗下的你》……军营是一个特别的地方，热血与梦想在这里铸就；军旅难忘，酸甜苦辣的故事从这里延伸。

越过万水千山，一路追寻你光荣的足迹。遥望万家灯火，静静注视你守护的身影。此时此刻，耳畔又响起那首熟悉的旋律："咱当兵的人/有啥不一样/只因为我们都穿着朴实的军装/自从离开了家乡/就难见到爹娘/说不一样/其实也一样/都是青春的年华/都是热血儿郎/一样的足迹留给/山高水长/咱当兵的人/就是不一样/头枕着边关的明月/身披着风霜/为了国家的安宁/我们紧握手中枪/都在渴望辉煌/都在赢得荣光/一样的风采在共和国的旗帜上飞扬！"

（写于丁酉年小暑，2017 第 3 期《云梯关》纪念中国人民解放军建军 90 周年专刊卷首文）

盛夏，与村庄的对酌唱和

站在季节交替处，回望。这个盛夏，热烈似火。天热，地热，人的心也热。连吹过的风，都挟裹着阵阵热浪。

钢筋和水泥，矗立出城市的地标。城市人在属于自己的方格子家里，进进出出。空调，没日没夜地工作着，不敢说累。人们只恨不能抱它入怀或随身携带。

庄稼和土地，记忆着村庄的过往。从这里，走出去的，走回来的，都是与村庄有割不断的血脉相连。偶尔，也有些慕名者“闯入”，惊醒着村子的老屋、庄稼和脚下的土地，像夏花老师笔下《惊动》那般。

那么，就从名为“韩家荡”的村庄说起吧，且任老风《乡愁如藕》丝丝缠绕。韩家荡，种荷。万亩莲藕淡妆浓抹，醉于其间，不舍归去。《天荷源》在老风书屋二胡拉长的吟咏里，回响成一阕轰鸣的灌河潮。近乡情怯的《老家荷花》，更似忐忑归来的游子，期待久别的娘来牵引，一步步叩击木栈道，迈向藕花深处的家。

村庄，前身叫村落，又名农村或乡村。史云，圣人“燧”的出现，结束了人类靠天取火的历史。也是他，由“钻木取火”到“燧石取火”，继而建造了中国历史上最早的村庄。有说，村庄是作为人类聚落发展中的一种低级形式存在。我不能苟同。至少在燧时代，她曾以最高的姿态闪亮登场。

我爱寸寸有木的“村”，深恋土地一片连着一片的“庄”。禾，是广袤土地的主角。一年四季坚守，阅尽岁月繁华清欢，也经受狂风暴雨的洗礼。

喜欢乡村田头的花花草草，就那般自自然然地生长着，不管你看见，还是没看见。记忆中的放牧少年，总爱在夕阳西垂晚霞满天时，悠哉悠哉地归来。儿时村庄，也是“家”的代名词。不知啥时起，村庄的味道变了。再后来，城市的味道好像也变了。

《遥远的村庄》真的走远了么？屋前《老塘》，窝着汪汪清澈见影的水，始终于心间流淌。不能撩拨。轻轻一划拉，就恣意汪洋。村头的老槐树，在“碓”一磕一磕的伴唱中也曾诗意盎然。

我甚留恋那袅袅升起的炊烟。晨间或傍晚，越发飘得高远。锅堂柴草呼呼燃烧的噼啪声，母亲的锅碗瓢盆交响曲，还有玉米山芋花生熟透的炸裂声……都在召唤着，回家，快回家哟！

村庄，初始出发的地方。我们，我们的祖辈，胞衣皆掩埋于此。这儿有童年，有老屋，有朴实的乡亲父老。漂泊再远，你若愿意，轻轻触摸即能感知她的呼吸。哪怕是刺痛的乡愁，有如潮的乡音回应，在《响水谣》多情的二重唱里亦愈发温暖。

（写于丁酉年处暑，2017 年第 4 期《云梯关》卷首文）

冰心一片向大海

春节期间，结识从部队回家乡探亲的黄玉东。短暂的交流，也缘于“写文弄墨”。去年农历腊月二十七上午，响水县文联组织书家开展“写春联·送祝福”活动。那天，他不声不响地来到活动现场，“质朴平和”是这位年轻的海军大校给我的第一印象。

到目前，我和大校仅见过两次面。对他的了解逐渐多起来，得感谢他笔下一篇篇饱含真情的文字。初起，从黄玉东创办的文学公众号《冬歌文苑》上，零碎地读了一些。上个月，我向大校讨要《向往大海》一书，两天后书从千里之外的北京邮递到我手中。说实在的，心头暖暖的感动。拿到书，则利用晚上时间，静心品读。仿佛看到了那个扮酷“潘冬子”的昔日少年，看到了那个怀揣父子两代军旅梦的热血青年，看到了那个拿到军校入学通知书想在第一时间与娘分享成功的军中男儿，看到了那个驰骋深蓝痴恋海洋的优秀军官……

我想，生活贫困的孩提时代，可能让黄玉东比他人多了一份敏感，但也多了一份历练。这片依河傍海的革命老区，赋予了他骨子里不惧风浪的勇敢和不屈不挠的执着。同时，他血液里流动着父亲的淳朴善良、母亲的智慧豁达。这些，都深深影响着他的每一步成长。

喜欢黄玉东老师的文字。如果非要说点什么，那最打动我的，当是来自他心底的真情挚爱与发自肺腑的家国情怀。文亦如其人，冰心一片向大海——此刻，我所能想到的。

【附记】

为纪念中国人民解放军建军90周年，第三期《云梯关》编发专刊，得到响水籍海军大校、军旅作家黄玉东老师的热心支持。作为刊物组稿编辑，仔细阅读每一篇文章。为抛砖引玉，写下此文。

走近，陆庆龙老师

丁酉年阳春三月，来到古都南京。位于东郊的仙林大学城，春色撩人。花红草绿，垂柳轻摆，湖水微漾。油菜花热烈饱满地开放着，空气中弥漫着郁郁芬芳。相比我所居的苏北小城，江南金陵的春，来得更为迫切，暖意融融。

3 月 27 日下午，有幸与响水籍知名文化学者、美术评论家纪太年老师等一行来到南京大学美术馆，观看陆庆龙"怀乡"系列绘画作品展。开幕仪式简朴而热烈，陆庆龙老师致辞中多处恳切地用了"感谢"一词。一如他的待人风格，真诚朴实。

想到前不久，在盐城市文联工作会议上，陆老师作为省市文联领导出席会议并颁奖，而我是领奖单位代表，又正好从陆老师手中接过获奖证书。这样的巧合，让人倍感开心。或许，这就是陆老师与响水割不断的情缘吧。休会间隙，我们作了简短的交流，感谢陆老师多年来对响水文艺事业的热情支持和鼓励。自《云梯关》杂志创刊以来，得到了陆老师无私关爱，刊物封面油画《云梯关》《故乡之恋》《暖溪》均出自庆龙老师怀乡系列绘画作品。该系列作品还有《村路》《田头》《秋染柴扉》《生生不息》《故园》《新绿》《溪边》等等，他笔下的"故土家园"深沉素朴、醇厚、温馨、浪漫。

陆庆龙老师多次来到响水云梯关写生创作，他说，他喜爱这个地方。我相信，这片独特的土地，一定也同样欢喜着老师。一样的相互爱恋，一样的相互牵挂。陆庆龙老师曾在阜宁师范任教美术，苏北平原上有他很多学生，在我的周围就有不少。提起陆老师，都夸他不仅课上的好，性格也好。言谈间，流露出的是打心眼里真喜欢，以曾经做过陆老师学生为荣。

画展也是课堂，他耐心地给前来观展的学生们，说他的画，他的创作。现场，陆老师不论是与领导同仁交流，还是和朋友学生互动，或是接受记者采访，都是那样的真挚而暖心。当我们提出合影留念时，他爽快答应，达成心愿。这位来自美丽丹顶鹤故乡的当代中青年艺术家代表，给我的感觉“宽厚谦逊”，更似一位邻家兄长。一位艺界名家这样评价道，“他是一位出色的画家，一名优秀的老师，亦是一位有诗人情怀的家园守望者。”我特别认同。

此刻，我们走近庆龙老师，感悟他的诗情画意。

美丽精灵

翻开美篇，确认自己写下“翩跹而舞的美丽精灵”一文的时间，为 2017 年 7 月 9 日，也是在相遇女孩高歌一周后。今天，8 月 10 日，相隔仅仅一个月。这个叫“歌”的女孩，又一次让人眼前闪亮，带来惊喜。她创作的电影剧本《海图》，勾勒了“民国初年，一个人的留日归来与一群人在乱世风云中的交锋与挣扎……”的历史故事。该剧本由北京师范大学推荐，已入围第 74 届威尼斯电影节“聚焦中国”影像计划。参加“青年电影人才培养计划”网上评选活动，据初步统计获票数也居前列。

——题记

最近，因文化创意工作之需，抓拍一分钟微影片。结识北师大电影学院大二、大三学生高歌和胡绿（珍珠），两女娃是这次拍摄的编导和摄导。第一感觉，高歌娴静干练，珍珠大气开朗。她俩在工作中，俨然是相互欣赏而又配合不错的搭档。

其实，人总喜欢给他人他事贴上自认为对的标签，明知这习惯不好。短短的工作接触，她俩对工作的认真执着令我刮目相看。并不因为她们是 90 后或什么，就让那些娇气不能吃苦的啥标签给糊弄。开阔的视野，来自她们所站的更高平台。领先的观念和拥有的知识，让我们这代人感觉到自身的差距，甚至有莫名的“汗颜”。她们对优秀的不断追求与加码，对自己一次又一次超越，让我们有充足的理由为其喝彩点赞！

今天，文字落笔，重墨放在来自盐城的女孩高歌身上。

拿到小说《乌托小国》，带着对这个敏感执着、一急爱蹙眉女孩的些许探究，开始阅读。出乎意料，自己竟然能在较短的时间连续读完这本青春和青春的对话。

细细读之，跟着笔者走进她的“小国”，随着她的“心”纠结、跌宕、迷醉、撤离。然后，断然甩甩长发，任凭骑着单车在风雨中穿行。无限心疼那个从小受父母情感“叨扰”渴望温暖的女娃“格格”。酷似自己常常梦见的一个场景。童年的女儿，拼命攥紧我的衣摆，柔弱的母女站在一艘小船上，风浪迎面扑打，看不清舵手。唯有船在摇摆，无助之极时，从惊吓中醒来。这些年来，一次，又一次，重复着这样类似的梦境。

叫歌的女孩，自幼酷爱读书、写作和绘画。2013 年出版个人散文插画集《雨季放歌》；2014 年长篇小说《不系之舟》被立项为江苏省作家协会年度“重点扶持文学创作与评论工程”入围项目，也就是今天阅读的《乌托小国》。该书于 2015 年 7 月由人民文学出版社、天天出版社签订出版。

捧读歌的《乌托小国》，面对文字与插画，常常不知哪个更美。书中那个“扒着栏杆而望的格格”，仿佛就是孩时的歌。想着正值青春年华的她，恰似一个离月亮最近的美好女孩，又像极了那只拼力翱翔于沙漠中的荆棘鸟。

文字，总会或多或少烙下写者的印记。高歌，心气如名。小小的年纪，有着大大的才情志向，像美丽精灵，在这个世界翩翩而舞。别人是否能读懂，无暇探究。如她在《乌托小国》中说："我们总不能奢求所有人都理解，别人没有义务去关心你、理解你，三二知己已是极大的拥有。""沙漠是干燥的、无遮拦的，充满一种决绝和独立，有前生今世的味道，更让我心安，更接近我的灵魂。"精彩如此的文字表述，在书中有多处。慧眼察世界，洞心思人生。窃以为，定能让不少"自命不凡"的父母琢磨品味一阵子。

"青春这么短促，哪能在荒芜而无尽的思恋中度过。青春就这么一次，又有多少心力和体力像现在这么旺盛，能疯狂地奔跑，华丽地跌倒，爬起来以后再重整河山。只有青春如此娇惯我们的体力，纵容我们的想法，让我们义无反顾地去追梦，去闯。过了这村就没这店。"这是格格冲破迷雾的心灵独白。品读格格的七彩中学生活，也让我对女儿曾经的花季岁月，有了更多的理解和共鸣。

著名作家曹文轩从"励志之旅"角度推荐《乌托小国》，我更喜欢"心灵时空"四字。真诚地希望有更多的家长，或者说"迷茫""迷失"中的父母，能读一读这本书。真正了解自己的孩子所思所想所需，学会怎么样去爱他们。人与人，心灵不能共振，爱即是无根浮萍。

与歌相识后，相互加了微信。偶有闲暇，会走进她的"Dear 歌的巧克力盒子"，欣赏一下她的小花园。她的另一文字系列《风中梦话》，写于她读高二，成稿时间段是在《雨季放歌》和《乌托小国》完成之间。关于《风中梦话》系列，歌是这样表述的："梦话"，是因为此书文字皆写于深夜，高中宿舍熄灯、学习任务完成之后，才在暗夜的被窝中借着小台灯的幽光，半梦半醒，倾诉于纸笔。"风"是时间，是无数个飞逝的夜晚，是可以把一切抹平的强大力量，也是我当时身处环境的隐喻。《风中梦话》一书由此得名。

上次和歌聊到此书为何不出版的话题时，她说，"今天再看此书，显得稚嫩。"而我，则表达了不同的观点。"过往流年，就是一个个走过的印记，梦话系列不正是你那个时候的心路历程么？现在日趋长大成熟，那是现在和将来的你呀！”就像我一直对女儿说，什么年龄有什么样的梦，做什么样的自己。

歌，江苏省作家协会会员。高中时曾获第十五届、第十七届“新概念全国作文大赛”一等奖，这位刚过完20岁生日的北师大学电影学院高才生，2016年自拍自导非遗类微电影《糖人》获第23届北京大学生电影节暨17届大学生原创影片大赛奖。刚写完不久的剧本《海图》入围第74届威尼斯电影节“聚焦中国”影像计划。这一切，真的令人刮目相看。

关于剧本《海图》的创作，我们一起听听来自作者高歌的分享。歌说：故事在我心里藏很久了，为之一直在查阅中外史料。七月底的时候开始动笔，那十天正逢我从老家盐城到北京再到云南，飞机、火车、动车上都日夜颠倒地写，直到比赛截止前几个小时我竟然发现它的入围通知和版权协议被QQ邮箱拦截在垃圾箱里，写它的过程就像一个故事。很幸运，很感谢，老师、朋友、家人在写作期间对我“头脑发散”的鼓励和“灵魂不在场”的包容，我爱写作，它是我的终身事业。

“我爱写作，它是我的终身事业。”这，就是一个90后年轻作家，关于文字最感人的宣言。

天是否降大任，我不得而知。但，木秀于林风会摧之，将是难免的。敢于挑战优秀，是勇者。而勇者之路，注定会品尝更多的心苦与孤独。歌，你很棒！优秀和普通是相对的。优秀无止境，在未来的岁月，不断加油前行的途中，学会减压。让亲朋“粉丝”的关爱和温暖陪伴你，一起体验努力的过程，拥抱属于你的美好。

【附记】

来自歌的分享：早上下楼买挂面，错过了一个重要电话。回来打过去才知道：经过专家评审和网络投票后，剧本《海图》在123部入围作品中获得第74届威尼斯电影节“聚焦中国”影像计划最佳编剧奖第二等奖（一二三等奖各一名），将办理签证在九月初去意大利威尼斯颁奖。谢谢所有给我帮助和鼓励的老师家人朋友，世间也有双全法，不负自己不负卿。8月11日上午

好好说话

牙牙学语，就是学说话的开始。从学会说话，我们每天都在说话。汉语的多义多语境多句式，让一句话，不同的说法，不一样的表达，就会生出不同的意思，收到不同的效果。甚至，有的结果不是大相径庭，而是南辕北辙。

有的人，天生就会说话，说出来的话让人听了舒服。洋话，这叫有语言天赋。有的人，天生就说不好话，说出的话不耐听。这可能就叫“笨嘴拙舌”。世上也有一类人，见人说人话，见鬼打鬼语。这个大概叫会说“虚话”。不过，这些都不是我今天要说话的重点。

生活中，不管夫妻还是邻里，同事还是朋友，三言两语话不投机，呛呛起来的也不在少数。究其根源，本没因为多大事情，只是话没能说好，好话没能好说而已。

不久前，朋友李与她在异地老公通电话，说着说着就吵起来了。她说，“老公，你忙啥呢？忙得连电话都不打一个？”她老公说：“我从早到晚干活，一天下来都累死了，哪有闲心？”朋友李说：“有那么忙有那么累吗？打电话劲也没？打电话功夫都没有？”“真没用，累死活该。”她老公说：“你不要没事找事，是不是在家闲出病来啦，想找打呀！”结果，电话挂断不欢而散。

其实，我那朋友李有些日子没和老公通电话，本来想同老公温馨一番的。可是话没说好，想表达的意思全反了。朋友李如果能换种表达，“老公，最近很忙呀，一阵子没来电话了，还真惦记呢！”效果又会怎样呢？类似这样的例子，随手可拈。

前些天，侄儿租了一间门面房开小吃店。开张前，就因为安装空调，洞眼打大了，没合房东的心意，相互就吵吵起来。房东周冲上前就说，没收违约金 1000 元，不准开张，终止合同。我侄儿那边就说，你说不开业就不开业啦，明天就开业看你能咋的！你一言他一语，谁也不让谁，僵局卡壳了。正好我下班经过那里，走上前了解情况。房东周说，再三强调，墙体只能打圆孔，不能打方眼，他们没有照这个意思办。我于是实地看了一下，那个孔是没打圆眼，但也无大碍。房东周确有点过分，有所谓得理不饶人的架势。我弄清楚房东周在信用社工作，应该能讲上道理的。就因为这么点小事，弄得脸红脖粗，实在不值得。我决定上前劝解拉和，“周主任，孩子装空调没按照你要求打眼，他们做得不好。可能因为明天要开业，比较急促，办事毛躁了。现在，洞眼已打，空调也装了，你看就因为这么点事，还能真的不让孩子开业，终止合同？就事论事，这个洞究竟对房子有多少影响？该怎么补救就怎么补救，和谐解决问题为好。孩子年龄小，考虑事情不周全，为生活挣钱也不容易。我们毕竟年长一点，见的世面也比他们多，就不去和他们多计较，如有不到地方，包涵一点。你看呢？”房东周，听我这么一说，口气也不那么强硬坚持。接下来，一切商量来，握手言欢，和谐解决。

人，天性使然。喜欢听软话，听好话，听顺耳话。当然，涉及大事大非，涉及原则问题，该强硬得强硬，决不可和稀泥。不过，我们毕竟是普通人，过着普通日子，面对的多数是工作生活家庭情感琐事。同样的意思，不同的说法，达到的效果会大不一样。我感觉，人与人相处，很重要一点，就是学会“换位”。假如你是领导，你对部下交待事情时，部下是否愉快接受？是，或否？还是被动应付。为什么？假如你是父母，在要求孩子做这样不准做那样时，怎么说的，效果如何？如果通过说话来表达一种意思，解决一个问题，做好一件事情，换位“说与听”挺关键。如果你说出的话，别人不愿听，不爱听，不想听。那你得反过来想是为什么？如果听的人是自己，说话的人是对方，此话如此说，我愿听爱听想听吗？

能正说的话，不要反说。不是人人都能听懂正话反说的，也不是人人都有诙谐幽默细胞的。能陈述的句子不用反问？反问多了，会让人觉得过于盛气凌人，指责发难，决不利于沟通，更不利于解决问题。

能表扬鼓励的，尽量少批评。鼓励，无疑能让人开心，开心才是工作生活的催化剂。

说话时尽量不要“色难”。色难，也叫摔脸或吊脸子。俗话说，伸手不打笑脸人。而脸色一旦难看，再好的话也难说出口。尤其是家人亲人爱人之间，摔脸子乃情感交流的大忌大碍。长辈晚辈之间，不要色难，对父母色难是不孝；对小辈色难是不慈；夫妻之间，偶尔色难是情趣，持久色难则纯属不明智。

能轻松说话，就避免严肃。遇到幽默之人不妨学一把轻松，谈笑间能说妥的事，何乐而不为？

好好说话，是一门学问。学着好好说话，可能是我们一辈子都有得做的学问。

晨 曲

时间,定格在2011年2月10日凌晨。

五点钟,我从熟睡中被电话叫醒。大嫂打来电话,说,你还睡那,外面都乱套了,听说园区某化工厂一小时后会爆炸。

半信半疑,慌忙地穿好衣。随即,叫醒女儿,告诉女儿电话内容。推窗向外看去,路上确实车水马龙,人声鼎沸。我们开始收拾一些必需品。让女儿给她爸打电话,准备送她走。

那一刻,我,故作淡定。告诉自己,我是母亲,不能慌乱。迅速为女儿准备了牛奶鸡蛋包子。这样出逃,才能有体力支持。女儿倒也很配合,习惯睡懒觉的她也忙好待发。

面对突如其来的"变故",说不害怕,那是假的。本来身体就虚弱的我,随着时间的推移,心跳也在加快,腿脚有些发软。不过,女儿安全乃第一要务,也是全部信念所在。反复告诫自己,不要慌。不能慌。假如真的灾难来临,我们的选择就是求生,保命。生命本脆弱,生命亦无价。

时间,在等待与恐慌中前移。我们在紧闭的小屋中等待,在与外界的信息交流中,知道事态已逐渐趋缓。

早上七点半后,政府公开发声。手机信息显示,澄清这场混乱为谣言所起。果真如此么，空穴来风，竟如此之猛烈？

就在那夜，可怕的“氯”泄漏时，谁能预料结果会怎样？据讲，多亏省城专家鼎力支援，终狂澜得以力挽。遇漏洞能堵住，灾祸免除乃一方大幸，发言人才可直起腰杆说话。不能得知，所在地居民逃离自救是对还是错也。同为血肉之躯，谁能把生命当儿戏。

欣慰，那夜没有“爆”。心痛，这场恐慌逃难中，车翻人亡的惨剧已经上演。无独有偶，干旱的小城，那一夜狂风大作。雪，无声无息洒满大地。结满冰雪的路上，给仓皇奔走的人们又添一层困难。但是，如果真的爆炸发生，想必那场大雪，在一定程度上也会帮忙化解掉空气中的有害气体吧！上天呐，你可有些预见？你一定是看见些什么了。

一切已趋缓，仿佛又回到了之前。我们的心，真能安静得了么？类似的隐患是否仍在？发展中的阵痛，目视则不可无睹。未来之路，需要冷静思索的东西仍然很多。为政之要，既要做显功，也要做潜功。这样的政绩观，更是老百姓所期待的。

选　择

父母在，不远游。这曾是中华儒家孝道之典范。如今，身处在科技迅猛发达的时代，距离已不是问题。国外国内，数小时之内皆可达。我们不用像古人那样，死抱着不远游的理念。但是，不管社会如何发展，父母给了我们生命。一代一代，生命繁衍，社会延续。人人都由小到老，老年至，一样需要更多的关爱和帮助。我深信，百事孝为先，乃做人之根本。对父母老人无孝爱之心的人，又怎奢望他能多爱他人和社会呢？

媒体一次又一次报道，有老人孤死家中。当儿女发现或知晓时，已过数日，甚至更久。难道，人生真的如此忙碌？忙碌得给父母一个电话的空闲都没有？这样的子女，就算事业再忙，再有钱，再混得风生水起。请问，这样的光宗耀祖是父母想要的？是自己想要的？还是这个社会想要的？就算他们能为自己找出无数理由与借口，都不能站住脚吧。

可怜天下父母心。年轻父母更愿意把所有心思用在孩子身上，不惜钱和力。孩子是宝贝，是"小祖宗"。对日渐老去的父母，花多少心思呢？啃老的啃老，不问的不问，有的认为花点钱就能买心安。家中多子女的，相互推诿亦屡见不鲜。更为恶毒可恨的还虐待打骂老人，在这些人身上，亲情淡漠，道德失守，传统美德丧失殆尽。

看望老人写进法律条文，一时争议颇多。当听到这个新闻时，第一感觉就两字：可悲。可是，诸多事实摆在面前，把这项写进法律条文，更多属无奈之举。与身边人老单聊天，说起法律是强制入轨，而道德则是更高境界的自觉与约束。就像看望老人这事，如今很多人都做不到不去做，那只有依靠法律手段来强推，也是没有办法的办法。

2013.7.4

人鬼外传

在中国汉字中，“人”字笔画少，就那么一撇一捺。而“鬼”字，写起来就复杂得多，又拐又弯的。

鬼神论者，说人死了就会变成鬼。而我不相信，人死后，都要变成鬼。至少说，我希望好人死后，来世还做人。而那些恶棍魔头或牛鬼蛇神，死后变成鬼，且被打入十八层地狱。

那么，世间还有一种介于人与鬼之间的。当面做人、背后捣鬼，时而装人、时而扮鬼，穿着人的衣服、干着鬼的营生，人前像人、见鬼为鬼，如此类型的死后也得让他做鬼，而且给这类人起名为“鬼奴才”。这类揣着鬼心，披着人皮，怕见阳光，过着“吸血鬼”的生活，不能听之任之。

人字两笔，落笔易做好难。今至不惑之年，历坎坷，看炎凉，每每咀嚼这一撇一捺的人，各种滋味心中相涌。男人、女人，大人、小人，老人、孩子，亲人、仇人，熟人、生人，故人、新人，不一而足。夫妻的反目，亲人的相争，同事间的阴阴阳阳，朋友间的真诚与虚假，男女间的怪异心情，千奇百态。其实，人活在世上，都在为吃喝拉撒睡而忙碌，终殊途同归。想通想透，再简单不过。可为何？活着时，为名、利、情争着夺着，哪怕为一句话，为一件芝麻大的小事，为不是事的事，争得头破血流，弄得水火不容，能抛下所有的情。

常想常思，然，百思不得其解。

我们活着，就得在人群中活着。有时，独自在路上走着，会莫名地看着路人的表情。表情，各异。就那么一张脸，掩盖千千万万的心思，构成万花筒般的世界。脚步匆匆的人啊，都正正地走着，世界就不会邪恶不会丑陋。如果都不算计，都简单地活着，该有多好！

说千道万，我就是不相信，好人的来世会变成鬼。好人，前世可能是十二生肖中的一种。今世为人，吃辛受苦，品味酸甜。好人来世，最多变换一下角色，去体验今生未经历的生活。父亲变成儿子，女儿变成母亲，丈夫变成妻子，如此等等而已。今生，我不怕任何人，也不信世间有鬼。但，独怕“人鬼”，怕他们在黑暗中穿梭鬼魂不定，算计干扰正常人的生活。既然，这类“人鬼”表面装人，却不干人事，那就成全他们好了，尽早下地狱做鬼吧！

鹤立鸡群

有一天，小鹤的家被大水冲走，孤苦的小鹤，不知不觉走到一群鸡中间。鸡们，为多了一个伙伴感到新奇。日子一天天过去。没想到，小鹤的腿越发细长，羽毛亦越发洁白，立于鸡群中，双方怎么看怎么不对劲。

鹤也好，鸡也罢，因为种族不同，怎么也不好归并，它们只能互为“另类”。

先说鹤吧！相对鸡群，鹤，无疑是痛苦的。它的脚步与鸡群不能合拍，它的目光所及之处，鸡不能触及。它天生的喜水、喜干净、能游会飞的潜能，与鸡大不同。于是乎，它的所思所想，鸡们不能理解也很正常。鹤，就算也想入鸡随俗，想让自己也变成一只鸡，和这些同伴过一样的生活。可是，鸡们也未必愿意呢！鸡们三五一群窃窃私语，对鹤敬而远之。有形中，鹤与鸡群的距离感越来越大，甚觉“自形惭愧”怀疑自己的人生。鹤，为了接近与鸡们距离，不惜低调，再低调。甭管你怎么低调，鸡们也认为鹤是在装腔作态。鹤，变得郁郁寡欢。然，它的不知所措，并没有赢得多少同情与理解。

再说说鸡。自从当中多了一只鹤，它们也不能像从前一样自如自在了。鸡们，历来过着按部就班的日子。吃粮的吃粮，下蛋的下蛋，打鸣的打鸣，本来不用思考。忽然，身边冒出这么一只与自己大不一样的高个子，开始变得有些心神不宁。它们只要一有空，就三五结群的“叽叽喳喳”议论这只鹤。有的说，鹤的羽毛漂亮、腿细长好看；有的说，鹤不合群不入流；有的说，鹤就是假清高，脚上沾点鸡屎就尖叫……这样一来，本有心跟鹤学习走路、梳理与仪态的，也只能暗自放弃。

日复一日，鹤得了忧郁症，漫无目的地闲逛。她来到河边，看见远处飞来一群白鸟。于是，迫不及待地迎上前去，以为找到了亲兄弟姐妹。而白鸟们并没有鹤想象中的热情，问她来自哪里？你这只鸡为何独自溜达？鹤一下子涨红了脸，结巴地说，我不是鸡，我和你们一样呀，是鹤！白鸟们，呵呵地扇动羽翼笑落一地，鹤是啥呀？我们是“天鹅”！说完，拍拍翅膀，向远处飞去。留下一脸茫然的鹤。

鹤，更加烦闷。想往回走，重新回到鸡群中，可它已找不到来时的路。鹤，困顿至极。一头扎进河中，凭着一口气游啊，游啊……

打那以后，人们再也没有见过那只鹤。鸡群，仿佛又恢复了从前的平静。

台　词

来到世上，生存于社会，人便不再是孤立存在的个体。相对于他人而言，你我或是父或是母，或是子或是女，或是同事或是伙伴，或是恋人战友，抑或是亲戚邻里。在人生舞台上，或是主角，或是配角，也可能只是客串。我们有时扮演着一个角色，有时得扮演着两个甚至更多的角色。

人与人的关系，抛开表象，说到底就是一种协作。因为男女的协作，才有了人类。有了各式各样的协作，人类才得以延续，社会也因此不断向前。细细琢磨，在这种协作中，最为常用的莫过于这四个词，“Yes！”“No！”“Thanks！”“Sorry！”。

“Yes!”我是这样理解的。Y，它代表起码的认同，是一切协作的基础。我们要习惯说“Y”，但容许存异，这是搞好协作的积极态度。

“No!”是“不”。是拒绝，不认同，是协作中的分歧。我们要学会说“N”，但一定不可以成为常态。它该是一种底线、原则、法规或道德精神等更高层面的坚守。

“Thanks！”当我们说“T”时，真诚应多于礼貌。表示谢意，是对别人劳动或付出的一种尊重，更是对别人协助发自内心的认可和感激。

“Sorry”意为对不起！人生中，不管有心还是无意，错了就该“S”，道歉不丢人。说“S”，前提不应是迫于无奈，而应来自内心的真实感知，反思后的升华。有的人错了，即使嘴上说了“S”，可下次仍然我行我素。这样的“Sorry”不值钱。

人生，乃一场协作。在这场聚会协作中，积极作为说“Yes”，学会坚守说“No”，优雅真诚讲“Thanks”，言行一致道“Sorry”！

第五辑

思与远方

随你，去远方

这样的夜晚，心竟然也浮躁起来。越是想静，却突然闹腾地慌。心思像听不懂话，左右摇摆，不让安顿。

多少年来，不喜欢过节，或者说面对害怕这节那节。节日的喧嚣，搅扰波澜不惊的时光。窗外有风，没有月色的夜晚，天空剩下呆滞的黑。一户，两户……数着还亮着灯的人家。依窗而望，无聊地默念着，就像睡不着时从 1 到 100 反复数羊那般。唯有那延伸着的整齐划一的路灯，在每个夜晚来临时重复着同样的眼神。一如疲倦的老者，散发惯性的目光，不言悲喜。

人在江湖，永远没有十全十美。事事如意，只是美好的祝愿。有些糟心的人和事在某个地方遭遇了，烦恼促生。可仔细一想，何不将其就当作笑话左耳听右耳出呢，提都不用再提及。于自己人生而言，有的人连过客都算不上。也有一些人和事，可能想回避也避不开，只能物理冷敷，迫使自己冷静，默默记住栏杆医生的忠告，“当念头和烦恼生起时，你不带成见地注视它，既不搅乱它，也不捏造更多念头，它们就能自己沉静下来。”

我们，为何会在这样那样的节日搅乱一池秋水？似乎 365 天中，唯有与节有关的一些日子，是用来怜惜美好或拿来更加感伤。剩下真的可无动于衷或视而不见？明知道，这样想有煞风景，自己更像一个无趣之人，列属典型的“吃不到葡萄说葡萄酸”一类。这些，我也懒得理会。葡萄吃不吃到，它本来就是酸甜的。窃以为，现在市场上无核无酸味“名义”上的葡萄，基因已发生变异，或者还有其他的名字。

每逢这节那节，免不了加倍地纠结，不停地折磨那颗本就脆弱的小心脏。有点风吹草动，神经会更加神经起来。一遍遍地听着容祖儿《想着你的感觉》，慢慢浸润歌声中，渐进入半梦半醒状态。那或远或近的人，跟过电影似的，主配角交叉呈现，理会或不理会，完全不重要。

当然，刷刷朋友圈，也是生活的一个内容。点赞，是快乐的。偶尔，也会盲从。虚拟，现实，二者仍有异曲同工之处。此刻，透过屏幕，且跟随朋友的美文、美景一起去神游啦！

这个时节，旅行实在是不错的选择。有的朋友往草原去，有的从草原归，看着她们一副沉迷于草原不能自拔的迷醉样，真是羡慕嫉妒啊，忍不住和她们叨扰几句旅行感受。西安老友阿文，全家正在自驾游新疆的旅途中。欣赏友人适时上传的小视频，追寻着他们的旅迹。从哈密巴里坤草原的花海到吐鲁番葡萄沟，当赛里木湖湛蓝的湖水、白色的浪花涌至眼前，不由惊呼“太美了”！眩晕得人只想扑过去的冲动。再细翻朋友圈，有的看珠海静待风过，有的夜跑在青岛海滩，有的正逍遥太白山。在这处暑过、炎热远的初秋时节，亲朋好友们天南地北怀拥万水千山，天涯共此时一切净好。

红尘俗事所缠，画地为牢。此时，虽身不能至，心却可向往之。不知谁说的，爱上一座城，因那里有我们牵挂的人。亲朋挚爱们，你在哪里，哪里就是诗和远方。随你一起，去旅行。最美的风景，有你，更加生动。感染着你们与自然的风情万种，分享着你们的快乐，真真切切地也是一种幸福！

2017.8.27 日晚

突然醒来的夜

醒来，醒在梦见的时候。翻来覆去，再不能成眠。你的笑，触手可及；你的气息，在夜间弥漫呢喃。

我知道，我想你了。在这样一个春天的夜，一个雨湿花儿的夜。

你还好么？当我目送你离开的刹那，思念的线已拉长。不语，是不敢言语，怕不舍的泪，弄湿你的衣襟。

泡一杯茶，一杯安吉白茶。浅浅的新绿，淡淡的清香，你说过，茶好味香。递上，你不在，我就自己饮了。一杯，又一杯。

枕边，习惯放着书，三两本不等。放书的那边，多为右首，经常空着的位置。读书写字，谈文说道，乃是最快乐的时光。每个黄昏来临之后，我已习惯了读诗，习惯了遥想远方的你。

我不相信缘分，缘分不由人，缘深缘浅奈何不得。我们远隔天涯，我们亦近在咫尺。你说，一切都是最好的安排。我说，嗯！一切都是最好的安排。不管你在哪里，只要你好好的，我就心安。

不要说出那个字，我不想，不想让夜猜透自己的心思。

2018.4.13 凌晨

与陶公约会

茅草屋迎来新主

可能，就是那么一个下午，秋风不经意的刮着。

太阳的余温包裹着陶公略显单薄的身子。陶公一路前行，身影被越拉越长。

他的心，翻江倒海着。不管他是否愿意，前面的路容不得他选择。

皇上的喜怒无常，官场上的翻云覆雨。即使有再多的怨，再多的屈，再多的不甘心。陶公，仍然得跪拜叩谢龙恩。

那一路远行，风餐露宿与往昔的仕途志向，完全南辕北辙。陶公九曲回肠，却无语相向。

那是一片怎样的不毛之地呀！穷山恶水，荒凉之至。杯光琼影，不停地在眼前晃，弄得陶公几乎晕厥。

三间草屋不时被秋风撩动，冷眼地瞅着这位新到的主人。他们还不知道用什么方式相互招呼。就那样默默地对望着，直到太阳渐渐西落。陶公，才拖着疲惫的身心推开篱笆。

夜幕降临，一切似乎变得安静下来。这三间草屋之内，陶公渊明度过了一个怎样的夜晚？

无眠的折磨

这是一个怎样的夜晚呀？在这荒凉之野，茅屋之中。陶公，久久地伫立着，朝着宫廷的方向。无泪无语。如果不是偶尔听到他的喘息声，眼前这位男子，俨然成了一尊雕像。

自古道，男儿有泪不轻弹。更何况，陶公又非普通男子。他知道，打他叩拜龙恩之时，言语已经多余。泪，也只能往肚里咽。宦海浮沉，与人品，与志向，与皇家江山，统统无关。是否为民作主与回家卖红薯，也绝无因果。无泪无语，才是陶公最上策的选择。不然，若再有小人谗言，再惹龙颜大怒，恐怕这三间茅屋也非陶公栖身之所，等着的将会是恩赐一捧黄土吧！

陶公的双眼布满血丝，伫立着，直到东方出现鱼肚白。九转回肠也好，翻江倒海也罢。新的一天，又如期到来。

推开篱笆门，官差早已远去。陶公一个趔趄，瘫坐在地上。

浔阳江畔

身在乱世的陶公，这三间草屋只是他的暂时栖身之地。不久，山河易主。陶公，再次走入仕途。

然，好景不长。政治的黑暗，官场的腐败，绝不是一朝一夕所为，更不可能有多大改观。陶公少时的“大济苍生”梦，在现实面前被击得粉碎。他再次主动炒掉主子的饭碗，性本爱丘山的陶公，回归浔阳江畔。

浔阳江畔闻君语，潮起潮落伴月明。同为天涯沦落人，千古不变乃知音。

再温《归居田园》其一

当置身于山野之中，嗅着迎风而来的清新，陶公的身影越来越清晰。我轻轻地迎上前去……那种相交已久的氛围，深深地拥抱着。

少无适俗韵，性本爱丘山。
误落尘网中，一去三十年。
羁鸟恋旧林，池鱼思故渊。
开荒南野际，抱拙归园田。
方宅十余亩，草屋八九间。
榆柳荫后檐，桃李罗堂前。
暧暧远人村，依依墟里烟。
狗吠深巷中，鸡鸣桑树颠。
户庭无尘杂，虚室有余闲。
久在樊笼里，复得返自然。

走进渊明的寂寞

麦苗绿，草儿青。柳眉低垂，桃花吐蕊。又是阳光三月，春色暖春意浓。

一年之计在于春。陶公，这个酒能豪饮，出口成诗的文人，却并非一个庄稼好手。他躬耕于田垅，起早摸黑。那单薄的身影，被夕阳拖曳得更显孤单。

劳动了一天的渊明，能解乏的，只有那一杯接一杯的老酒。

唉，有酒有酒，闲饮东篱。有酒有酒，知音渐远。

渊明，何曾不想富济天下？生在乱世，曲高和寡。

渊明，何曾不想独善其身？一个文人，力不如庄稼汉。

这就是渊明，身在仕，心无法达；心在园，力不能及。他的孤寂，谁懂？唯有一生相伴的老酒。

心中的桃花源

渊明的《桃花源记》，历久而不衰，让多少世人倾心神往。

吾生，白天想，晚上祈。期望桃花深处，幽幽梦回。

我们不停地前行，即向何处？各人都朝着自己描绘的生活美景前行。

处在轰轰烈烈的盛世，歌舞升平，实为大幸。而历朝历代，文不为政治所用，也就一文不文。而文一旦只为政治所用，更难称其文也。

念陶公，想他的桃花林。中无杂树，芳草鲜美，落英缤纷，与外人隔绝。不禁心恋之，神往之，梦求之。

一位朋友说，“能独自待着，耐得住寂寞的人，是个强大的人。”我想从这点上来说，陶公即是。他对世态的纠结，都复归于田园的宁静。

人们可能一生都在为工作，为家庭，为情感等各种琐事反复纠结，但终不舍放弃。因为，在我们心底深处，都会有一方不为外人道的“桃花源”，在那里种植着一生的爱恨情怨。

活在人世间，梦在桃花源。

玩　味

文字，真是一个说不清楚的东西，细细咀嚼，奇怪、奇妙之极。不同的组合，成文千奇百怪，效果千差万别。言爱，说恨，抨击，同情，话离散，盼相聚……如此等等，不一足论，回味无穷。

思想接近，情趣相投，会把文字组合得也类似，哪怕不一样的摆布竟会有异曲同工之效。但一个人驾驭文字和口语表达的能力多不同步，有时还相距甚远。换句话说，文章写得精彩，话不一定说得好，有时谋面不如读文。我的文友中就不乏其例。

吾喜欢文字，却苦于读书不多，尤其读名著和深奥的书更少。缘于年少时生活在农村，无人点拨。加之未经大学深造识字有限，与大书名书缘浅。深想，也是慵懒，把读书只当作一知半解的休闲。最近阅读的文学类书籍，有些名家文字让我喜欢，比如余秋雨、铁凝、赵玫等。不少时候，我只走马观花的览文，往往记不住作者的名字，甚是不好意思。有一些无名作者的文字我亦喜欢。寒江是偶然认识的笔友，不属名家行列，私自奉他为“大”家欣赏着。之所以喜欢，缘于他文字的深刻和优美。那种自然的情怀、社会的剖析、人生的感悟都寓于哲理的光芒中。对亲人的怀思，浓于血液，深至骨髓。文字在寒江的笔下组合得浑然天成，读着不断与心灵深撞击，我的语言似乎成了多余。

一路走过，我的人生没有什么豪言壮语，唯信奉顺其自然。读书写文不爱作秀，随于心，从于情，流于笔端是质朴的表达而已。不崇洋，不媚俗，性格使然。有话长，无话短，文字左右。如一文友言，有时大脑“进水”，所谓灵感来了，文字往眼前涌，活蹦乱跳，不排列不能成眠。但更多时候大脑迟钝，就算绞尽脑汁，也无法成文，更谈不上写就美文。

近来闲暇又读洪应明《菜根谭》，喜欢他的“文章恰好人品本然”，借此与君共飨。

2008.4.20

秋日情怀

秋，终于来了。她揣起夏日如火的激情，散发出独有的芬芳和凉爽，附着风、夹着雨悄悄地走来了。她一扫夏的闷热，轻抚人间万物，让晒黑的肌肤重新得以修复，让喧嚣浮躁渐渐沉淀。

人们迫不及待地走出钢筋水泥构筑的楼宇，远离风扇或空调，融入自然的怀抱。极目远眺，蓝天白云，芳草连天阔。秋风袭来，凉爽又惬意。空气中飘逸着花草以及果实的混合芳香，沁人肺腑。天地间弥漫浓浓的秋的味道，整颗心亦充满了对自然的感恩。

秋，收获的季节。播种的人，从春忙到秋，也从春盼到秋。稻谷满囤，囤积着庄稼人收获和喜悦。各种果实缀挂枝头，浸透果农们沉甸甸的希冀。他们小心抚摸着汗水换来的好收成，那个乐哟，伴着开心的小曲与落日撞满怀；那个笑哟，羞得秋月藏云层。

秋，艺术的季节。“枫叶骄似火，芦苇羞绿波，妩媚多姿令人怜。”“碧云天，黄叶地，秋色连波”惹人醉。秋，就像成熟的美少妇，赏心悦目不可亵渎也。头枕秋风可当歌，手揽秋月可入怀。在艺术人眼里，真是“纷纷坠叶飘香砌，秋雨声声入梦来”。秋天来了，世界愈发空灵，澄清而悠远。

秋，思念的季节。金风细细，秋雨绵绵，离人点点愁，想不思念都不行。欧阳修“夜深风竹敲秋韵，万叶千声皆是恨”总会与你不期而至；晏几道“红叶黄花秋意晚，千里念行客”不经意地叩打心怀；而那“多情自古伤离别，更那堪、冷落千秋节！”又能与何人说。皓月婵娟，举杯相邀，酒入愁肠化作相思泪。推门相看，问花花不语，人比黄花瘦。

秋，带给我小生命的季节。1992年秋分，女儿平安降临到这个世界上。从此，她成了我生命中最重要最精彩的部分。从牙牙学语到如今的花季少女，每一个日子，都有我无尽的祝福。因为女儿，我对秋多了一份偏爱，多了一份感激，也多了一份惆怅。感叹岁月易逝，往事如烟，而浓得化不开的只有那骨肉深情。

流连秋日旷野，聆听秋虫呢哝，细数果实满枝，触摸稻浪花香，由不得你不沉醉痴迷。天高，云淡，令人神清气爽。秋雨缕缕，多情缠绵，牵人心魂。还有，那片片落叶，带着心绪随风飞舞……我默默地祈祷，祈祷秋季离去的脚步能放慢些，再慢些。巴望着下一个秋季，快快地到来。

2007年秋

行走的风景

一粒种子，植入母体，顽强地吸吮，长成胚胎。蜷伏在子宫小屋，享受着最初的温暖。十月梦醒，从产门挣脱。一声啼哭，带着母亲的血与水。睁开惺忪的双眼，打量着陌生的世界。牙牙学语，蹒跚学步。一个微笑，一个手势，都在大人的期待中定格成美丽的风景。

从此，春耕，夏耘，不敢懈怠。秋收，冬藏，一路风雨兼程。

我不知道，世上是否真的没有两片相同的树叶。也不知道，世上是否有一模一样的风景。但我知道，上苍只给了我们一次生命，每一个生命都是独一无二的，每个人的人生更是无法复制的。父母，我们，子女，一幅亲情风景图。生命延续中，渐渐懂得了反哺。尊老携幼间，我们学会了感恩。试着爱一个人，爱一群人，爱我们生活的世界。

人生是一场旅行，不必太过介意目的地，重要的当是沿途的风景与看风景的心情。心悦时，山青，水秀，天高，地阔。回首来路，顺风行舟时你我曾经并不热络；逆境中，你却让我体会了雪中送炭般的暖意。风雨中递过的一把伞，病榻前的一杯热茶，皆朴实铭心。轻轻地，捧起每一缕阳光，远离黑暗与阴霾。

大海浩瀚，天空深邃，我们在对视中领悟着宽广博大。瓦斯爆炸、山体崩塌、洪水肆虐、冰雪封道……当大灾大难突然袭来，危难中，军人“绿”显得那样的夺目耀眼，她代表着希望，意味着奉献与牺牲，生命的强悍于绿色中彰显得淋漓尽致。手与手相持，心与心碰撞，血浓于水。人们动容，温暖，亦悄悄地融入其间。

雨过天晴，一切又回归平淡。平淡中，我们结识了天地英雄飞行战士李剑英；义无反顾舍己救人的孟祥斌；践行信仰传播理想的方永刚；大医医德良心医生陈晓兰；人信延信一诺千金的谢延信；真爱无疆警嫂罗映珍……仰视这些金灿灿的名字，他们平凡中又闪耀着神圣的光芒。大爱无痕，大信无声。她们用行动谱写大爱大信，她们用大爱大信织就人生最美的风景。

每一个醒来的早晨，都会为自己好好地活着而开心。只要活着，就不会停止前行的脚步。让我们背起爱的行囊，做风景的主角，与心灵一道去旅行！

2008.2.23

七月，那一抹心事

夏季，让我想起那曾经进进出出的校园时光。小学五年，初中三年，中专四年。孩时的烂漫，少年的叛逆。花季的羞涩，雨季的多情。岁月如水，匆匆流逝。

乡下老屋早已不在，屋后那条宽而深的河流也淤塞得只剩旱沟沟。沙庄村小学，映着绿树的红瓦房，承载我孩时生活的纯朴与顽皮。世间，最无情的当数岁月，孩时同桌的名字长相，也渐渐失落于记忆的长河。三十多年过去，昔日的小同学就算对面相逢，估计也很难相识。记忆中异常清晰的那条从家通往学校的乡间小路，现如今也变成四季耕种的农田。骑着单车，一路前行。开动脑子死劲想，而能记起的小伙伴姓名，仅剩那么三四个。再深的记忆，始终敌不过岁月的打磨。

一九八三年七月，我从周集中学初中毕业。从此背起行囊远离父母，第一次去那个未知的遥远处（当时这么认为）上学。从那刻起，我的高中梦破灭，注定大学梦也随之化为泡影。一个农村女孩子，能上中专学校，还转了户口，这是多少人想求而不得的事情。而我，却没有从这件事情上收获多少喜悦。更多是无奈，是服从，是认命。

中专四年，对着那枯燥无趣的专业，带着一开始就没有认同感的目标，过着任性的日子。懵懂的少男少女，张扬着叛逆的青春。想起走过的路，做过的事。那些哭哭笑笑的过往，就如这盛夏，直戳心房。可能因为年轻，敢爱敢恨。可能因为年轻，会坚持内心的那份真实而不轻言放弃。

走出校园，哪怕过着离梦想十万八千里的生活，我们都试着接受人生的各种安排，可那份年轻时埋下的梦想种子，总会时隐时现。

花开花落花相似，一年一岁人不同。当我们立业成家，与自己的孩子一道体会一个个毕业季时，生活的年轮已在年轻的印记上，碾刻了道道划痕。

七月，太阳越来越骄盛，这个夏季如约而至。女儿优雅地走过大学校园的红地毯，我，仿佛也圆了那个多年的“大学梦”。

成　长

连续一周,处于炎热酷暑高峰。在空调的不停运转中,维持着生活。一直以享受自然标榜的我,也无法与现代科技带来的夏日凉风抗衡。女儿在空调的包围下,裹着被子,玩着手机,看着电子书,煲着电话粥。对之,我报以无奈的笑。女儿,暑后读大二。她还是那个娇柔的丫头,十指尖尖不沾活的人。我也是一个不能脱俗的娘,常以家务活没多少,用不着帮手,干脆都自己做完得了。还自我安慰地想,女儿就娇养着吧!可现在宠着,将来也许正是害她呢!

7月30日,敏标哥一家从南京回来,一个大家庭聚会在一起。十天后,侄儿将去新加坡读书。十八岁,近一米八的小伙子,一言一行仍是个没长大的孩子。就这样,将远去异国他土,前面的路漫长矣。或许,脱离父母的羽翼庇护,能更快地长大吧。

三姐家的儿子,二哥家的女儿,因为家庭经济等原因,他们当年都选择了职业院校就读,今年都已毕业,且都靠实地找了一份事情在做。我觉得挺好的。特别是三姐家儿子,小帅哥,特地从上海请一天假回来,给他妈过五十岁生日,这份心意让我们很感动。现在的孩子被太多的关爱包围,往往会忽略如何去爱别人。

相对于祖辈而言,我们这代人在对儿女的教育上,可能更急功近利些。望子成龙望女成凤的期盼，时不时地挠着心肺。什么竞争呀，淘汰呀，名利呀，一直充斥我们周围，想绕也绕不过去。评价孩子是否成功，家长眼中的标准即是用“上学好成绩、工作时好单位”来衡量比较。学者于丹前不久表述一种现象，认为现代家长注重孩子的成功，而忽略了孩子的成长，这样的家庭教育显得本末倒置。对此，我甚有同感。归根结底，生命的成长方是人生的根本。

家庭教育，伴随一生，代代相传。没有人天生就会当个好家长，在孩子成长中，我们只有慢慢地体会，努力地学习，方可能不断地成长乃至成熟。

大与小

2011年8月25日至28日，在北京逗留。因送孩子上学，有幸走近北大校园。当从北京南站下车，坐4号线地铁来到北大东门。站定后，愣是没有反应过来。让我无数次心驰神往的最高学府，并没有显赫豪华的大门垛，高门槛，森严的门卫。这让我一下子想起了不少小县城的所谓重点中小学的门楼，比北大的看上去还奢侈醒目。这是北大带给我的第一个惊诧。记得，当时我就对孩子说了一句话，这大概就是“大学府小门楼，小学府大门槛吧”！

26日，新生报到。我们接触的北大第一位老师，招办的李老师，一位和蔼的长者。老师衣着朴素，待人平实，尤其对孩子语重心长的嘱咐，让我们特别感动。

27日晚，化学院的开学典礼暨新生家长会，开得实实在在。聆听了院长吴凯教授，副书记张莉，裴坚教授等人的讲话，教授们的朴实无华让人印象颇深。记得吴教授说，从现在起，把昨天的辉煌全部格式化，一切从零开始，在座所有的孩子重新站在了同一起跑线上。是的，事实如此。

如果走在路上，我们可能根本无法看出他们的身份。他们就是平实的普通人。世间何为大，何又为小？我一直在咀嚼“大音无声，大象无形”的真义所在。

记得报到那天，化学院的一位小姑娘学姐指点着我们孩子办一些手续，热心而真诚。一间宿舍四位同学住，不算宽敞。孩子说，这条件还没小城中学好呢。我当时就跟他开玩笑说，“不然，我们还回小城去读呀！”孩子也被我逗笑了。

临走时，我将校园迎新生的一横幅编了短信送给孩子：大师身前宜聆教，未名湖畔好读书。期望和勉励孩子，四年后能成长为名实相符的北大人。

表叔再登门

话说咱家二表叔，是我姑奶的二儿子。前几年，高龄99岁的姑奶离世后，剩下二叔孤身一老汉独自过日子。表叔今年69岁，在村里属五保对象。

还是女儿六七岁那会，他和姑奶在我家小住过一些日子。十几年间，虽有些音讯，但联络也不是很紧。昨日，他来我兄长家，直接点名要见我，表示非常想念我，甚至说很“怀念我”(哈哈)等等。相见后，他的话匣子就关不上。十几年前的点点滴滴，他能说得如昨日发生一样。多年前，我待他与姑奶的盛情，成为他一直以来的“想念”，他说“像刀子一样刻在他心上”。你可别发笑哟，咱这表叔，可“文化”着呢！

这得从他的出生说起。表叔，在农村算得上一文化人。能写会画，会刻章手艺。一手毛笔字，也是我无法比拟的。每逢春节，他总会义务地为乡里乡亲写春联。二叔年轻时长得也不错，1米7儿的个头，如今还直板着，一点都不佝偻。高中文化的他，就是没缘再深造学习，一辈子也没娶亲。奇怪吗？只因为，当年他家成分不好，成分栏为“地主成分”。一切都错过了，一切都是命运的安排！

昨日相见，他那如今感谢党的政策好，一点不作秀，发自内心。农民种田有补贴，看病有保障，老人每月还拿最低生活保障费。他知足。

他说胡书记好呀，真的关注民生，关心百姓呢！

二叔是位开朗的老人。现在每天都开心着！用他自己的话说，起床时唱歌，刷锅时唱歌，睡觉前也会唱歌。想唱就唱！我问他都唱些什么歌。他说会唱的多呢，像“一条大河波浪宽”“花篮花儿香”“走进新时代”等等。活脱脱是个乐天派老头！与表叔相比，我，包括周围好多人，都过得有些压抑。总觉得生活不如意有八九，不知足。更多时候，会无病呻吟。

说来奇怪，表叔还会欣赏我这个“文青”呢！这多半缘于我是她侄女，其次才关乎我的文水，属于“盲目崇拜”。他说，报刊电台有我的豆腐块，他都会认真阅览。还说，有些日子没见到我的作品了，弄得我心虚汗颜。

表叔再次登门，让我刮目。我跟女儿戏笑道，咱家表叔不多，而二表叔此人，让我“想不佩服都不行”，今天着实又被上了一课哟！

2010.4.08

聆　听

安静地待着，想听清自己的声音。想真切地听清楚，来自灵魂深处的那个声音。

生命的诞生缘于偶然，我们自己无法选择，只能接受。也曾不停地向来处张望，可来时的路总显模糊。也极力向前眺望，可未来似乎也很迷茫。扪心自问，到底想要什么？什么样的人生才是自己所希冀的呢？

曾写过文字《人生如爬山》，其实，人生不就是在爬山么？人来到世上，谁不想活出点样子。故有一口气在，就跑啊，赶啊，争啊，夺啊，拼啊，干啊。我们在往山上爬的过程中，只顾前行，甚至无暇环及左右，有时连给自己找个歇脚的理由都不愿意。你忙，我忙，大家忙。在登山途中，那条拥挤的登山小路，摩肩接踵。可是造化亦弄人，我们当中大多数人根本无法也无缘企及那“一览众山小”的巅峰。

退一步说，就算真的达到一览众山小，享受风光无限。然，高峰岂能久留，高处不胜寒啊！得意处，易忘形，也易被人盘算。故以为，人得意处不要忘形，得志时不要猖狂。我们不能一直待在山顶，风光胜揽，终得下山。高潮回落，即低潮。戏总要落幕的，谁也不可能永远占据着舞台的主角。蓦然回首处，匆忙前行中，往往错过多少花开花谢。

气闲方定，苦苦追求的，真是自己所要的吗？明白时，可能已没有重头来过的时间和勇气。因为在爬山的过程中，我们几乎用尽了所有的力量，将希望也一同燃尽。

当你再次前行，请慢慢地品味，不要活得太着急。人生是条单行道，过去，就是过去了，绝对没有机会从头再来。

我们到底想要什么？可能因为走得过于匆忙，撞入眼里的东西太多太乱，反而忘了出发的目标。

不妨安静地待会，仔细聆听来自心底深处的声音。或许，那才是初心。

2010.01.25

为你读诗

网络时代，视、听、写、说，几乎都能在小小的手机上完成。播客、诵读类软件，成全了不少喜欢有声文字的亲们，也是我之所爱。在相得益彰的音乐中，听他人读文，或自己朗读，不失为欣赏文字的一种好方式。

第一次接触“为你读诗”，是去年四月份。缘于好友素心若雪在QQ空间分享朗读作品，仓央嘉措那首《忍住了看你，却忍不住想你》。听着好友熟悉柔美的声音，标准的普通话诵读，陶醉！心，也禁不住痒痒起来。立即照葫芦画瓢，下载安装好软件。于是，诞生了第一件青涩的处女作，诵读三毛作品《如果有来生》。今天翻阅一下，时间为2016年4月18日。依稀记得，那天在办公室里对着手机读诗录制的情景。上传，回放。第一次听着自己不算标准的普通话，略带紧张的气息，不好意思地偷乐一番。没曾想，时间过去一年半，对“诵读”的新奇玩味到渐渐喜欢，一路坚持与陪伴，诵读作品356件。在这方小天地，自娱自乐怡情养性。

忙碌的白天，难有闲暇的时光用于安静诵读。夜晚来临，喧嚣渐渐被沉寂替代，让疲惫跟随文字一起舒展，浸润其间。我阅读的作品，皆缘于喜欢，不一定都选名作名家。与心境特别吻合的文字，当属最爱也为首选。我读泰戈尔、三毛、席慕蓉、舒婷、余秋语、周庆荣、舒洁等诗人作家的作品，凡遇意境通心之作，就格外偏爱，或许这正是阅读之妙处吧！譬如，舒洁老师创作分享组诗《母亲》的那段日子里，诵读基本跟着老师文字后面，诗人对母亲的深情和怀念，吾感同身受。多少个夜晚，于诵读中潸然泪下，那完全是一种超越时空的情话。还有，阿紫老师的诗歌，直抒心怀，情味实足。《给远方的你》《对你的记忆》《花开的声音》等等，读着读着，仿佛自己已幻化成那个长发飘飘的紫衣女子。江南，塞北，款款而行。梦里，梦外，聆听花开。

夜深人静，灯火阑珊。情绪随音乐流淌，陪伴需要有声对话。

思念。迷惘。渴望。寻找。目光随文字游走，心却安居在你的笔端。

有一种默契，叫懂得。有一份回应，在远方。就像阿紫老师最经典的独白“你写的是我，我读的是你”一样！夜幕笼盖四野，唯你，由远而近，近得仿佛能听见你在我耳边的呼吸，还有那份不用说出的认同。无需赘言，亦能感知哪些文字为我而留，哪首诗为你而读。在我的诵读里，有时你像风，像雨，像那晶莹剔透的雪花；有时，你又似星星，似月亮，更似温暖四季的太阳。

既然不能为你净手煮羹，那就请接受我为你读诗吧！于远方，于每一个黄昏来临之后。

太阳的味道

2017年，最后一天。晨浓雾，能见度甚低。

昨晚八点，经数小时的颠簸，终回到自个蜗居。打开家门，放下背包，身心顿时放松下来。怪不得，以前老人常说，“金窝银窝，不如自己的草窝。”“在家千日好，出门一时难呢！”果真说得太有道理了。唯有自己的家，方是最舒服所在。可以卸下所有不需要的。

晨起。九点以后，太阳穿破浓雾，光芒很快占据了天空。在这个没有什么风的冬日，一股融融暖意来袭。一边听歌，一边收拾家，心安理得地静享这年末时光。衣服，床单，被子，似乎都染上了太阳的味道。

说到太阳的味道，缘于我三嫂子马红。嫂子其人，精明强干，能说会道，事业型女子。印象家务活中，她最喜欢晒被子。只要她有空，就要把被子抱到阳台上去晒，不管什么季节。而忙碌起来，常会忘记被子还在外面晒着，想起时，太阳早已收工了。她说，“被子晒多了，盖在身上特别舒服，闻闻被子上都有一股太阳的味道。”我听着就一愣神，让她重复一遍。她说，被子上有一股太阳的味道。哎呀，真是这样，一点都没错。当时，我就感叹，嫂子真是“哲人”呀！

越近年末，越感叹时间走得太快。最近不知哪位好事者，流行在网上晒晒十八岁。或许，当你我翻开旧照片，难免有一股淡淡的酸楚涌出，面对芳华远逝，是否有些心慌慌，或束手无策的无奈？

我们往往习惯了人生五味，那就是酸甜苦辣咸。惯性中，难免藏着一种惰性。匆匆前行中，于五味之外，你的味蕾，你的嗅觉，可还细心品尝过天地自然之味？你会与我一样，信马由缰，让心绪远飘，目光迷离么？我一直笃信，万物皆有属于自己的特殊体味，牵引着我感受它们的存在。夜晚，贪恋月儿散发出的如水温柔。白昼，喜欢万物生长靠太阳的无可替代。

在这辞旧迎新的日子，给亲人、朋友、文字上的同路人，送去真挚的祝福。新年新日子，平平安安每时，快快乐乐每天，只带上过去日子里所有的温存和吉祥。不管未来如何，就算有风或有雨，又有什么关系呢？只要活着，月色依然如水，太阳还会晒得我们毛孔舒展通泰。

阳光的七彩可能让我们炫目，太阳的温暖却会伴我们一路同行。用力嗅，再嗅，入心的太阳味道，会让阴霾远离。其实，在我身边，就有那么一些人，老潘，老孟，大刘，立新，五子，朝霞，燕子，若雪，盛夏，小弟……他们身上就有一种太阳的味道，在人生的旅途上，亦师亦友，温暖如亲人。禁不住常常在心底说一声，谢谢你们的好，我会永远珍惜。

写到此，搁笔前，也将 2017 信手小结一下，虽然同为四字一码，确实与是否押韵无关。

活至半百，不言芳华。三五好友，一路相携。忙碌之间，只求无愧。初习笔墨，重拾文字。阅读静思，愈感囊羞。钟情自然，身在江湖。不胜酒力，偶醉何妨。诗与远方，寄于寸心。天地悠悠，过客匆匆。浮云有意，流水无声。遇见美好，香茗缭绕。感恩有你，兰舟催发。祝福无限，新年吉祥！

2017.12.31

长姐梅英

我兄妹姐弟八个，四男四女。大姐梅英是老大。我呢，为老七，也是四妹。大姐属马，长我十四岁。

大姐就读于阜宁师范，好像是七七届毕业生吧。高中毕业后，在广阔的农村舞台务过农种过地，担任大队民兵营长打过靶扛过枪。慧外秀中，又不失英姿飒爽，一如她的名字“梅英”。

俗话说，长兄如父长姐似母。在我们这样一个多兄妹的农村家庭中，更有着深切的体会。我和大姐的关系，恰如刘和刚深情演唱《姐姐》那样：“离开妈妈的怀就爬上你的背/有衣我先穿有吃你就推/下雨姐姐为我衣当伞/啥是疼呀啥是爱/就是半块糖果也要送进我的嘴。”

姐姐从师范毕业后，分配在县城向阳中学任教。向阳中学乃县二中前身，当时为全县数一数二的好学校。那会，我刚入小学不久。姐姐在媒人的介绍下，嫁给一位貌不出众同为教书匠的同事。那人就是我的大姐夫单文亮，论家庭相貌实在一般(此时说，不怕姐夫生气。呵呵)。大姐的选择，周围人觉得不能理解，亲戚长辈也认为有些“委屈”呢。大姐年轻时，称得上是漂亮能干的女子。追求者不乏，之中有军官，有干部，条件不错也是有个一二三的。而大姐说，家中兄弟姐妹多，负担重。她找对象，要找个老实人，不光能对自己好，关键还要愿意帮衬一起拉扯我们这些兄弟姐妹长大的。

那时，大姐也就二十五六岁吧！

我们是朴实的农家孩子，一直在农村长大。母亲虽不识字，却开明，与父亲一道在土地上耕种忙碌，含辛茹苦地供我们读书上学。长姐，可能更早地体会到父母亲的不容易。从恋爱结婚，就主动考虑着为家里承担一份责任。

之后的几十年光阴，大姐就像我的另一个母亲，照顾着她这帮弟弟妹妹们。从学费，买衣，买书，辅导学习到生活中的细枝末节，无不尽心尽力。我三姐梅华、大哥敏玉、二哥敏龙、三哥敏标和小弟敏锐，他们都曾在县城上过学，有的就住在大姐家里，有的住宿学校，周末去姐姐家。

每逢这时候，大姐就加倍忙碌开了。平时舍不得吃好穿好，此时为弟弟妹妹们就豁出去了，不吝惜那点工资，加荤添腥，补充营养。姐姐，不仅仅从伙食上为我们着想，还亲自给弟弟们洗头洗衣洗被，家里一台缝纫机专门包揽了缝缝补补的活。弟弟们脏衣换下来，干净换上身。只要能想到的，大姐都去做，尽心尽力，不求回报。

大姐从教三十余载，虽不敢说桃李满天下，但师生间相互惦记的也着实不少。从他们学生毕业聚会中，能看出一二。如今，大姐大姐夫都已退休，与儿子一起居住于盐城。照看两个聪明可爱的孙女，尽情发挥着余热。大姐身体不是很好，忙忙碌碌于老少三代间，偶有“怨言”但不悔。叨叨过后，继续含饴弄孙。这就叫天伦之乐吧！

父母亲生前生病的那些日子，大姐不顾自己风湿病的疼痛，一趟又一趟地坐着公共汽车往返于盐城—响水两地。自己吃不好睡不着，悉心服伺父母亲，为二老洗头擦身喂饭喂药，衣不解带。直到父亲母亲离去。大姐待婆婆，也似如此。单奶奶活着时候，人前背后没有少夸她这个二儿媳妇的种种孝顺。

说起大姐，心中总有太多的感动。我们几个小兄妹能从农村走出来，能有今天的生活，与大姐倾情付出息息相关。无论是学业的指导、经济的支助，还是生活上的关怀，梅英大姐无私地奉献了很多很多。今生，她是我们生命中一位实实在在的“贵人”。都说大恩不言谢，此时此刻，我仍要虔诚地道声：谢谢你，大姐！

我们兄弟姐妹的性格中明显不足之处，就是“情商”欠，是小时候大人嘴里说的那种“硬嘴翘”型，多数时候不善于表达“亲热”。我爱大姐，当面就说不出口。还好，心中有数。岁月流逝，日子渐行渐远，大姐也不再年轻。于是，一直试着能为大姐做点什么，包括与她家孩子们的感情沟通。我知道，这与大姐为我们所做的一切相比，真是微不足道的。不过，长姐一直像母亲一样关心着这群弟弟妹妹，就算我们做得有不周到之处不尽人意的地方，姐姐从心里一定不会计较的。

听着刘和刚的演唱，往事一一浮现，不禁热泪眶涌。在这样一个独自待着的夜晚，唯有敲击键盘，付诸文字，写下感念。也请接受小妹将《姐姐》这首歌为你唱起：人人都说都说慈母爱/姐姐呀姐姐你付出也珍贵/走过成长的路/把冷热全体会/学你宽待人学你尊长辈/姐姐笑对生活帮助家/再苦再难不掉泪/这份情啊这份爱/走到天边也要印在我心扉……

2017.8.4 晚于家中

烹饪时光

生活中，我们很少说“烹饪”这个专业词汇。其实，用我们家乡大白话来讲，烹饪就是“烧菜做饭”。当然，带着技术含量的活则是一门学问，尤其是中国烹饪，八大菜系名扬天下。总的分为红案与白案两大类，红案为烹制菜肴，白案为制作面食。

1989年夏天，我所任教的职中纺织班学生离校到工厂实习。新学期开学后，根据教学需要，学校安排我参加省职教师训班培训学习，专业“烹饪”，目的地是“苏州市旅游职业中学”，也是苏州市第二十九中所在地。

那年金秋十月，我背起行囊远行，第一次去未知的江南城市。当时还没有直达汽车，先乘车至盐城，后转车至苏州。幸好有老师去接站，没跑冤枉路，到达学校时，也已颠簸一整天。

当晚，我和淮安来的女生陆桂香，被安排到该校一位女老师宿舍合住。两个外来者的意外闯入，让这位吴江女子多少天都觉得不自在，也没少“吊脸子”。闯入，并非我们所愿，她的不自在，令我们两个来自苏北“豪爽”的小女子，也着实不自如了一阵子。好在，人乃感情动物。相处久了，也就彼此生出不少情愫，临别时竟也有些不舍。当然，这都是后话。

住宿安排妥当，歇息，无多话。第二天，相聚教室的共有15位同学，来自徐州、淮安、盐城、扬州、常州、南京和无锡，仅有两位女生即本人与小陆也。当我们拿到课本，领到刀具，我的烹饪生活算拉开序幕。磨刀、掂锅、切萝卜丝、一块块分割“猪后座”……这是我从未想过的功课。原来，只想借师训机会学几样拿手菜，为自己的小日子露一下小“厨艺”，谁料，堆在眼前的竟是学厨全活。几天下来，感觉体力不支又枯燥乏味。于是，打电话请求换人让自己返回，遭到校长婉转拒绝。无奈，再打精神继续学艺。

当年的苏州市旅游职中，位于留园东侧不远，附近繁华地段当数石路商场一带，也有典型的小桥流水环绕。学艺的日子是辛苦的，特别是基本功练习。早起揣面，课前磨刀，放学还用沙子练习掂锅。课上熟悉刀法，各种材料的切块切条丝切丁；站台烹调，煎、蒸、煮，炖、熘、烧……着实让人手忙脚乱。烹调貌似粗犷，实则细活，讲究刀工、方法、火候、调味。只有运用得当，方能烹制出色香味形俱佳的美味。

学习过程中，实践操作课是我们既喜欢又害怕的，而最让人紧张的当数“评菜”环节。一道菜学做完毕，大家将盘中“作业”齐刷刷地摆成一排，等老师品尝评分，后再经大家互相品尝交流。教红案的大个子姜老师，教学认真严谨，为提高我们的烹调技艺没少花精力和功夫。我的刀工在同班学员中还能占些上风，但最头疼的是“掂锅”，多次努力效果不大，姜老师看在我一个纤弱女子的份上，只好手下留情，这一项算勉强过关。这也冥冥中注定我这辈子，都不能以厨艺引领自己的人生，只能自嘲为“专业圈”中的皮毛，业余中的“高手”。负责白案教学的顾老师，年龄应五十岁上下，为人温和慈祥。记得某天早晨，冷冷嗖嗖的，天还未亮透。轮到我为上午面点课准备材料，按照每人一斤半面粉准备，需要和面揣面25斤左右。看着那一大盆面粉，急得眼泪差点掉下来。顾老师和颜悦色地说，别怕，老师帮助你，一起来。然后他又念叨着，你这小巧的个子，回去怎么上课哟！想起那个早晨，顾老师揣面的画面，至今仍很温馨。面团经老师手揉搓打捏，利落自如。做出来的蒸饺、烧卖、汤包、油酥类面点，形好看味也佳。那是我记忆中，温柔江南最好吃的点心。

仔细算来，除去中间寒假时间，从 1989 年 10 月到次年 6 月，培训学习时间八月有余。想起放学、周末或节假日时光，行走在古色古香的苏州城，还是韵味横生的。我，与来自泰兴职中的宋玉林、淮安车桥中学的陆桂香之间，亦结下一段深厚的情谊。我们漫步于条条古巷，跑遍一座座园林。寒山寺、虎丘、盘门古城墙……留下我们年轻的身影。看电影、尝小吃、压马路，确实是开心浪漫的美事。不论过去多少光阴，只要提到戴望舒的《雨巷》，我总是毫不犹豫地把它等同于心中的苏州，那个让人做梦留梦的婉约古城。

前年，再次去苏州，看望在那里工作的女儿，顺道游览位于吴江的古镇同理和苏州郊外的定园。眼前之景，再无法与记忆重叠，不免唏嘘感叹。经过石路、留园，昔日学艺的时光被慢慢勾起，辛苦的滋味似乎早已淡去，唯有老师说过的两句话一直记得，其一是“学烹调首先要记住，盐乃调味之基础，为百味之首”，其二是“做菜最重要是方法和火候，再好吃的菜肴装盘分量也不能多”。

时光如水，人生多味。我这个饱食人间烟火味的女子，再细细回味当年老师说的话，似乎觉得多了人生的禅意。盐，咸味也。它于我们血液中日夜流淌，生命之必需，何尝不是人生之首味？而美味，当是我们人人都喜欢的。但美味不能贪多，食多无味；浅尝辄止，方好。

风雨中故人来

2010年4月13日，本是极平常的日子。那一天，多年不见的老友采鹃从江南来。听说我身体不太好，从百忙中特地来看我。其实，她本身也很娇弱。一路风尘，又遇倒春寒的天气。着实让流淌着二十几年的友谊，又添一把柴火，温暖得人心头愰动。

这个平常的日子，变得不再平淡，它是多年友谊的又一次见证。

我一直感性多于理性。在这情感变得日益奢侈的年代，脑中仍旧守着情谊一角。总相信，有情总比无情好。在我的周围，也就有了一群真情真性的朋友，包括忘年之交。随着时间推移，可能改变各自的生活，但有一份真诚还在。足以聊慰！

何谓真正的朋友？在最黑暗的时候，有人陪你一起等天明；心下雨的时候，有人甘愿为你撑把伞。友，不在多，贵在风雨同行。徘徊于人生低谷，曾写下文字《感激友情》，乃心情真实写照。

感激友情

在我心里，一直怀着一份感激。感激那“过得还好吗”的轻轻问候，感激那“学会善待自己”的叮咛，感激那“平安快乐”的祝福，感激那病床前递过来的一杯热水，感激那风雨中相逢的一扶。

真友情，浓似陈年好酒，淡如清茶一杯；真友情，不在锦上添花，而是雪中送炭；真友情，胜过“桃花潭水深千尺”！

真朋友，哪怕远隔千里，亦能举杯相邀共婵娟。

人生如海，潮起潮落。踏着一路风尘走过，心中时常为拥有三五个挚友相知而感庆幸。不管是顺水还是逆舟，也不问是开心还是失意，他们分享着我的乐，分担着我的痛。一个鼓励，一份支撑，似冬日的阳光寒夜的烛火，给了我几多安慰几多温暖。

有朋友作伴，旅途便多了快乐和温馨。品尝友情的甘甜，咀嚼多味的人生。友情的互动中，我学会珍惜，学会宽容，学会呵护。于是，感觉吹过的风不再那么寒冷，眼里的细雨也平添些许柔情，花雨伞更是一道不错的风景。

风雨中的我，只想真诚地对你说“谢谢，朋友！”

遇　见

从老家返回，已是上午 11 点多。匆匆午饭后，窝在家里，忙于本期《云梯关》初稿校对，完工后练了会毛笔字。周日一天时间，很快就过去了。

晚饭后，决定下楼晃悠晃悠，舒展一下久坐发僵的身体。走出电梯，天空有丝丝细雨飘落。真是意外的遇见，甚觉有些许的惊喜。初秋的夜晚，细风缱绻，凉爽得恰到好处。我塞着耳机，听着歌，踩着音乐的节奏，时快时慢地在小区里重复地晃悠着。可能因为这小雨，院内少见他人身影。窃喜。这样温柔疏细的丝雨，似有似无，既打不着脸，也湿不了发梢。真是便宜我，独自享用这缠绵的初秋夜晚。不时抬头，仰望夜空，遥想远方，身心竟然慢慢地放松下来。

早上，与侄女一道回老家，去了父母亲的墓地。一个夏天，周围的杂草茂茂盛盛地全长起来了，有的比人还高。堂弟媳王梅和我，一边说着话，一边用镰刀割去四周的杂草，松树和蔷薇方得以喘息。今天，特地买了一株长势不错的米兰悉心栽下。临走，我说，“老爸、老妈，活干完，也看过你们了，我走啦！”站在路上的侄女，听我这么说，笑了。而我，这次好像没前几日那么伤心，竟然有一种像昔日二老在世时，回家看望他们的感觉。这种恍惚可能来自早晨出发前，一位好友说我此行是回去“探亲”。细想想，很对，就是探亲。

每次回到老家，堂弟媳王梅总是那般热情友好，让我感受满满的暖意，也化解掉不少伤感的情绪。返回时，她还会把家里的土产鸡蛋、豆子、花生、米面啥的，装个大包小包让带回。这，就是亲情的味道，家的感觉吧。如果说被人牵挂是一种幸福，而能有人让自己牵挂又何尝不是呢！有时，思念是实在的。可能是某个人，或一群人，他们一定曾从你的人生中有印记地走过，且有知有觉。有时，思念只是一种虚无。缘于你曾认真地从他们的生命中走过，但他们却不得知或已忘记。

今晚的我，被细丝的秋雨温润，心情柔软。思念间，时而真实，时而虚无。这都不要紧。此时人间尚好，愿天堂也好！

2017.9

象山，温润之地

据说，象山因县城西北有山“形似伏象”而得名，由象山半岛东部和沿海656个岛礁组成，素有“东方不老岛、海山仙子国”和天然氧吧之美誉。

——题记

路途所见，随手记

这是一次说走就走的出发，一如两年前端午节的千岛湖之行。

2017.12.9天气晴好，无风。上午八点，从杭州出发去象山。大巴车上，我正好右侧临窗而坐，可饱览窗外之景。太阳发出耀眼的光芒。挨着太阳的云层，白而厚，绵密而卷，如盛开的棉花云集相拥，又像卷起的浪静静地铺陈天空。

天空呈素雅的灰蓝，被白云推挤得就剩些或大或小的缝隙。眼前的天空，除了太阳明亮高悬，就是被大片大片的白云霸气地稳稳占据。偶有所谓大块蓝，最多称为白云的脸而已。

高高低低的山峦，叠翠起伏，丝毫没有冬的萧瑟，这大概是南方的山与北方的山不同之处吧！

当车行驶至象山港大桥时，正巧接到朝霞打进来的电话。我告诉她，车于桥上行驶。纵观南北的弧形大桥，让人眼前一亮。桥下，百帆出航。脑中闪过“漂亮”“壮观”“真美”等词，想与眼前的画面相配。很快，自己摇了摇头，又觉得这些词似乎都不准确。

距离目的地越来越近，心情也格外舒畅。在象山工作生活的小姐妹朝霞，曾经与我同事，后随军至浙江。一位性情中的女子，热情阳光，人如其名般的美好。听说我周末去她那散心，放下电话就开始周到安排踩点。这种温暖令我如沐春风，同时也觉得这种叨扰“不好意思”呢。

上午十一点左右到达象山汽车站。路旁，也有一些载客的电动车，停放有序。他们问着“是否需要搭乘”，声音平和有礼，绝没有一哄而上乱拉乱拽。这是我双脚落于象山土地上，产生的第一好感。

美丽的红树林

下午，朝霞陪我去乡村一走，大概方位应该是墙头镇境内。人未进村，远远就能望见耸立在村后的一座水库坝体，河深，水清，岸绿，迅速占据眼帘。停妥车子，我俩兴奋地走进美丽的自然氧吧！茂密的树林，不时响起鸟儿欢叫。当我们行至那片心仪的杉树林时，还是惊叹有加。四点多钟的阳光，已不太强烈，透过树隙泻下，高大挺拔的红杉树既不失流光溢彩之美，又染上一层夕阳之余韵。我对朝霞说，平时一直认为微信上看见的照片都是美颜过的图，而眼前的杉树林，真实又大美！拍。我要拍！

漫步环形的山林小道，两个女子一边说着贴心的私房话，又不时感叹着这里的山清水秀，空气甚好。偶有几位散游者从身旁走过，估计与我们相似，也是害怕喧嚣之人吧。在这没有手机信号的森林氧吧，洒下一路欢笑，留下我们两个异乡女子的感喟。我用镜头捕捉着静谧秀丽的自然风光，也用心贮存至纯至真的美好情谊。

山海相依，两不厌

周日上午，阳光明媚，在朝霞一家三口陪同下，去了松兰山风景区。这里，是天台山由西向东奔入大海的余脉。曲折的港弯，牵引着你的目光。迎着太阳，海风轻拂，行走于金色沙滩之上，留下一个个浅浅的脚印。朝霞的先生，象山人武部刘政委为我们拍下珍贵的合影。

接着，我与朝霞登上观光栈道。遥望立于海中间的美丽岛礁，恰似蓬莱仙境。而再回望沿岸，礁石林立，千姿百态，气势磅礴。

我也曾有幸爬过黄山、庐山、泰山等名山，到过一些有海的城市。而像眼前松兰山这般，山海相依，海滩与山又紧紧相握，还是第一次。既可下海看山，击水；亦能登山观海，听潮。山，海，沙滩，美丽和谐地环抱，着实美妙令人陶醉。

短暂的象山之行，只窥一角。虽说，象山在宁波市的经济发展排名中略显滞后。但象山得天独厚的自然风情，一定可独具鳌头。连我这个匆匆驻足的异乡人，都能感受到这座城市令人舒服的温度和气息。“青山绿水就是金山银山”，是习大大多次强调的生态发展理念，象山人沿着这个路子走下去，定会有越来越多的人为之点赞。

象山，温润之地。我喜欢！

2018 元月

守望灌河

我安居的小城，有一个诗意的名字“响水”。她东濒黄海，北枕灌河。这里河海交汇，因水而丰。灌水跌荡轰鸣，潮涨潮落数里之外能闻水响，故而得名。这里土生土长的人们，亲切地称这条依城而过四季无冻的天然潮汐河流为“潮河”或“大潮河”。

印象中，常年生活在外的游子以及小城里稍有点墨水之人，喜欢将灌河喻为家乡的母亲河。总有一种无名的爱恋或乡愁寄于其间，让岁月的酸酸甜甜在那里不尽地流淌。

灌河，依县城而卧。只因自己是个地地道道的乡下孩子，童年时代与灌河无缘。不怕人笑话，儿时能去县城的机会实在寥寥，初中三年在周集乡中学度过。细想，第一次走近灌河，已是读中专三年级的暑假。1986 年之夏，与女友一起从县城去灌河北岸，看望在灌南长茂邮局工作的初中同学周培成。

昔日同学相见细节已模糊不清，只记得过河工具是乘半机械化的小汽轮，摆渡过灌河，心情蛮兴奋的。那是我第一次过灌河，至今也是唯一一次乘小汽轮过河。第二年，小城境内第一座灌河大桥竣工落成。桥长 630 米，宽 15 米。大桥的成功架设，结束了两岸人民靠船渡的历史。后从《响水县志》记载中得知，1987 年 9 月 25 日，响水举行隆重的灌河大桥通车典礼，时任国务委员、国防部长张爱萍题写桥名，江苏省委书记韩培信亲自回家乡参加剪彩。这是一件多么喜庆而令人激动的大事情！

斗转星移，岁月更替，一晃 30 年过去了。从县城到陈家港入海处，灌河上已架起三座大桥，一座比一座雄伟壮观。架桥如虹，贯通南北。在这座崛起的沿海小城，万吨码头一类口岸不再是梦，快速通达动车之旅也将结缘于此。响水，真的“响”起来了。

我多次行走在灌河岸堤，猜想着别人心中灌河的模样。倘若让千个小城人，每人画一幅心中的灌河，估计都不会重样的。当然，相似还是有可能的。可惜我不是画家，画不出意念中她的模样。请允许我把心中的灌河试着用文字来记录，暂且命名为“灌河风情臆想曲”。

此刻，眼中的桥不再是主角。这次主题，描摹河岸风情。

录其一：灌河从响水境内穿过，步行堤岸相映而生。从西到东河堤多长，岸上可步行的距离就能延伸多远。只要我愿意，从西一路东行走至大河入海口。堤岸宽度不用铺张，河堤拒绝车辆通行。小径两旁，栽以垂柳和槐树为主，间隔辅以樱花、梅花、翠竹等即可。那些路旁呆头呆脑的冬青，就不要迁移过去了。大河浅水处，芦苇是绝对主角，她摇曳了灌河的四季风情，更是鱼虾水鸟的乐园。荷与菱也可以种植一些，与芦苇相伴，偶尔充当一回配角，瞅瞅热闹，想来也无妨。这样，让喜欢采莲采菱的姑娘小伙子们来到这里不至于感到寂寞。

录其二：相关车辆的行驶与停放。虽说，车是现代必不可少的交通工具。但在我的构想里，坚决不同意把车开到河堤上去。那是一条步行堤，不欢迎汽车的尾气和过于喧闹的喇叭声。南北通向堤岸的路，可车行。每个各具特色的风景点，都设有停车场。当然，停车场位置距离河堤至少 500 米。

录其三：河边房屋。总体布局上，不建议有较多的高楼大厦。小城本不大,可经营贸易的地方适宜在市里。灌河风光带主要用来放松休闲,不宜商业味太浓。茶座、咖啡、书吧、渔家小院可以有。不管是现代楼盘还是农家小院,名字得有地方特色。至于“北京长安城、南京古楼区、黄浦上海城”啥的就不要往这里按揭了,怎么搬也搬不像,弄不好也没有了自己。

录其四:沿堤跨岸向河中间延伸建一些长廊亭台。隔上一段距离,能有个“听潮阁”“观雨台”“望海楼”“吟咏轩”啥的。在那下棋读书,或品茗垂钓,或眺望远方……当然,可以什么都不做,也很不错。愣在那发呆,坐着或站着,任潮水漫过脚面打湿裙摆,不管不问。

录其五:如何再现“灌河八景”呢?还没想好。暂且依地取材,虚实相间。相信我们心中有风景,定能找到与曹西园笔下灌河八景(开山云岫、灌河春潮、渔船夜月、樵径晚风、沙滩积雪、芦絮新霜、秋田野鹤、海岩轻帆)相通相和的路径。

录其六:开设一条水上通行线路。面对灌河,即使架桥似练,而我一直幻想于灌河上乘舟而行。船不用太大,更毋须豪华,安全就好。开设一条从响城开往双港、海安、陈家港的水路通行线。家乡有这样一条四季通航的大河,多少人有缘在水上一睹她的风采呢?反正,我是很想的。当然,我还特别希望灌河的水质无污染。因常年大小船只通航,故不敢奢望水能清澈见底,但一定不可以有各色垃圾沉浮。灌河,本以出产四鳃鲈鱼而闻名,水质优劣自然第一重要。如果比水牛还大得多的“大鲸们”一高兴,也从黄海成群结队再来灌河游玩,那得有多壮美呀!

录其七:再记记梦想的细节。先说说灌河的西头。小城再往西,即与灌南为邻。西头依河而坐落的标志建筑是小城职教中心。职业教育,承担着“接地气”的人才培养和输送。那儿是响水中学的前身,曾经留下老响中师生们的无数校园往事。后来,响中迁移,职中进驻,我有幸在那里工作过一些日子。校园内外，灌河堤岸，刻下了我在教育工作岗位上摸索前行的印记。往事如烟，不论苦甜，随着时间流逝都已凝成情结。挥不掉，抹不去。故我特别想把这一段打造成集教育与文化有机融合的记忆长廊。

再说说灌河的东头。河海交汇处的港口码头，除了承载货运重任外，在距离货运通道的安全距离处，两侧分别设置观光小道。曾经不止一次地臆想：我站立于万吨级响港码头，一任长发飘飘裙摆舞动，尽情享受黄海的粗犷；遥望兀踞在海天之间的开山仙境，远处大力神王彦章手撑铁镐越岛踏浪而来。由着渐行渐远的船工号子“嗨哟，嗨哟……”充斥耳膜，“大风车”转呀转，大船小舟扬帆穿过，南腔北调的淮海鼓韵在这里演绎成沿海发展大合奏。如若吴承恩再次光临灌河口，他笔端又会留下怎样的精彩续篇呢？

说过东西两头，再揣摩揣摩灌河中间段。如果说中间，就不能不说响水沿河老城区，想绕也绕不过去。这里还住着地道的响水街上人，残存着老街上仅有的历史和记忆。这一片，我想不管有谁来开发建设，有保留价值的民居、影剧院、石板路、包括多年老树啥的，都该尽量保护修缮。沿河按照最具小城历史文化底蕴来设计休闲公园，而不是眼光落在开发多少商业楼盘。城市是会表达的，她的记忆应和人一样吧。流年过往后，她仍在讲述与这里有交集的一群人、又一群人的故事。一座城的存在，最起码得有触感，有温度，还有抹不掉的底色。

至于灌河沿途经过的乡村，按照生态绿色发展思路，自然风光与当地人文有机融合。常说的“渔业”“海盐”“红色”等文化，不妨尝试挖掘。还有一点，就是南北走向的河道，一定要干净清爽，那样与灌河相通相连才能般配。

……

“痴人说梦”不怕梦醒。想着想着，自己也觉得好笑好玩。我与灌河不算缘深，比起那些从小在灌河边上跌爬滚打长大的姑娘小伙子（还有那些年长的大叔大伯爷爷奶奶），充其量算一个局外看客。只因，今生我是响水人。爱响水，理所当然地就要爱我们的母亲河。真爱灌河，就想让她名副其实配得上“苏北黄浦江”之美誉。如是，便常常幻想着这条让无数灌河儿女云魂牵梦萦的大河，有一天从梦想中走出来，真的如画美胜画美。那时的我，便成了依灌河而居的飘飘仙女子，让外来闯入者惊艳。之后，我愿意不厌其烦地向慕名而至的旅人，娓娓诉说轰鸣跌落东流向海的神奇灌河。

雪的心思

雪花飞舞，有时大如鹅毛，有时细如飞絮。但，都一样轻盈飘逸。没有想唤醒谁，或去惊动谁。数九寒冬里，人们期待中翘首，渴望与一场雪相拥。不管是真的爱雪，还是出于一种惯性。好像没有雪的冬天，不能称其为真正的冬天一般。

一场雪，倾情于大地，天空应接不暇。覆盖了山，遮住了树，还有花花草草。白茫茫一片，银装素裹。雪，不闻不问世人的态度，自顾自地下。喜欢在哪安家就在哪里落脚。因为她的到来，世人无数溢美之词之诗之文，也如雪纷至。因为她的未如期赴约，世人无法掩饰的失落失望，如失恋般青涩。还因为她下的过于频繁超出了预期影响到出行，世人开始喋喋不休的厌烦。这些，雪可能知晓，抑或不知。既不沾沾自喜，也不横眉冷对。

雪，就是雪。洁白，剔透。不因世人的喜欢或者不喜欢，而有所不同。不挑剔，不忸怩，不掩饰。落在哪里，就滋润哪里。遇山成山，入河为流。让这个世界，拥有了短暂的洁净。人们的心，在澄明中享受童话般的美好。我们，与大地万物一道，应大声地对这个冬日的精灵说出“感谢”。在这个精灵飞舞的时节，一直以整日奔波劳碌为自居自傲的人们，终也稍有机会喘息、平复和思考。

此刻，雪，在不紧不慢地飘落。道路，田野，楼房，树木……与雪相互交织着。跟昨天阳光下飘落的雪相比，今日的雪来得踏实不少。

2018年元月四日凌晨，小城迎来新年的第一场雪。

我来回奔波在雪中，把厚厚的洁雪装进桶里，拎回家。然后，用小铲子把雪慢慢喂进侍弄的花草间，让花草也享受一番雪的滋养。还试着将雪放到水壶中加热烧开，泡上一杯绿茶品尝。不过，雪之水虽为天上来，空气中的杂质仍混进雪中。

从瑞雪飘落开始，那两日，微信圈内，雪景美图刷爆。雪停后，第一任务就是走上街头，扫雪清理道路。在太阳晒不到的地方，挥舞铁锨，铲除冰冻积雪。半天劳动下来，腰酸背痛膀子疼。我也从堆雪人的童话故事中，清清醒醒地回到真实的世界。

阳光照耀，雪，在融化。她一如来时，静静的，不掩饰不夸张，融化成水。大地万物，慢慢地，慢慢地变回原来的模样。麦苗呈现往日的绿，冬青还是看惯的那个青。没有了积雪覆盖的房屋，又像往昔一样端坐在那儿。人们谈论着雪的热情锐减，渐渐地恢复波澜不惊的平淡生活。世界，也回到下雪前的那个世界。

想起，那个大雪纷飞的夜晚，单薄渺小的我，置身天地之间。时而望望天，再看看地，眼前只有白的黑、黑的白，自己被深深的震撼裹挟。双手合心，默默祈望，雪的洁白，能融化世间的一些尘埃。

情在年中

千山万水,隔不断思乡的情愁。千里万里,挡不住归乡的脚步。

爆竹声声。辞旧岁,迎新春。秋水望穿。终盼得,游子远归。熟悉的乡音,拂去一路风尘。长长的思念与等待,于团圆的年中融化为酒、绽放成花。

我说,没曾想,过年了,还真忙。友说,“年”,就是用来忙的,不忙就没年味了。

家乡的风俗,从腊月开始即进入忙年的倒计时。腊月初八,忙吃腊八粥。腊月十八、十九,家家户户忙扫尘,有句谚语“要得发扫十八,要想有扫十九”。腊月二十三,送灶,又叫小年,过年节奏一下加快。送灶,供灶神,当然少不了忙吃。家家锅屋热气蒸腾,开始做包子炸肉圆制作糕点,寓意连年丰登大发旺盛。之后,陆续采办各式年货。当然,置办节礼也是必不可少的,年前看望亲戚长辈也是一项重要活动。年,在忙碌中有了热闹和暖意。

今年春节,自己似乎比往年更忙一些。这几年,精准扶贫工作关乎民生大事,结对帮扶人人有份有责。腊月里,多次往返帮扶村扶贫慰问,为他们能过上祥和的春节尽心尽力。

不忘初心,公益路上留下微薄的身影。2017 年,运河敬老院是县少儿慈善会定点服务单位。腊月二十三，送灶日一大早，与伙伴们赶赴敬老院服务。到达那里，迅速按照分好的六个服务小组，各负其责，进入工作状态。写春联贴门对、打扫房间卫生、为老人洗头理发、慰问演出、谈心拉呱、准备丰盛的午餐……我把这场活动称为“暖年”。四十位老人中，有的眼花，有的耳背，有的口齿不清，有的腿脚不便。但，看着老人们熟悉开心的笑容，我们的心温暖如阳。

腊月二十八下午，接到印刷厂送货师傅电话，多日来悬着的心一下子落了地。看着拥挤的车流，像蜗牛爬行。等候在汽车站门外，立于簌簌寒风之中，终于收到首批成书。长长地舒了一口气，真有点百感交集之味。由文联牵头组稿的《最美响水散文》与《最美响水诗词》，能赶在年前出版，就算美中有不足，仍甚感欣慰。在此，要特别感谢文集责编梁雪波老师的辛勤付出，感谢各位师友不吝赐稿，感谢领导同事们的鼎力支持。适逢新春佳节，喜与大家分享，多少个日子的努力，都是值得的。

过年了，盘点往昔。总有一些事值得回味，一些人值得感恩，一些情值得铭记。

过年了，叙话新春。将会有新的事情等待我们，新的日子需要珍惜，新的情意可能发生。

过年，古老的中华文化符号，悠悠千载，绵延至今。亲人聚首，把酒言欢闲话家常。有友远方来，不亦乐乎！不少人感慨，如今的年味越来越淡，再不像儿时急切盼望着过年。也有人说害怕过年，路上堵堵堵，回家吃和喝。人们于忙碌中送走一年又一年，在七嘴八舌的年味中感叹时光催老。

无论是从儿时围盆烤火守岁，到后来守着电视看春晚，还是如今陶醉抱手机，这些只是形式的变迁。过年，回家团圆，亦是大多数国人的选择。我想，过年有亲人陪伴，就是幸福的。万家团圆的日子，还有一群人无法与亲人相守。戍守的军人、白衣天使、环卫工人、路政、消防、警察、司机等等，仍默默坚守在特殊岗位上。我们享受着或淡或浓的年味时，感激有你们，为大家舍小家。

年味是什么？细细琢磨，年味，应该就是情味。过年，过的是情。亲情。友情。爱情。小情。大情。只要是真情真意，浓妆淡抹皆相宜，都会在相聚中变得更加丰润生动。

相聚短暂，兰舟催发。举杯，因为重逢。举杯，也为别离。雨水刚过，一场春雨说下就下了。想着女儿远行的身影，不禁泪眼蒙眬。

故乡与游子，一生的牵挂，永远的祝福。山高水长，唯情在年中，在一辈子都走不出视线的路上。

2018 新春

又经浔阳

这是一个身处江南的夜晚。

我于夜幕深掩中，寻江而至。站立浔阳楼前，心，千转百回。与历经千年的浔阳楼，默默对视，模糊又清晰。无数次的摩挲，无数次的吟唱，在江洲司马的泪眼中，濡湿而温润。

九江的夜晚，在四月的春色里，更为温柔恬静。我慢慢地靠近，靠近与浔阳楼相隔不远的琵琶亭。眼前的琵琶亭，娴静优雅地端立江畔。我想象着犹抱琵琶半遮面的女子，想象着大珠小珠落玉盘的况味，还有那泪湿青衫的司马。陪伴我们前往的是老乡向导从伍兄长，他热情地介绍着他熟悉的琵琶亭。说到，江水涨起，亭宛于水中；江水低回，亭在岸畔。我说，这就是我心中琵琶亭的样子，我所喜欢的样子。兄长说，九江，依江傍湖，形体与家乡响水依灌河而居非常相像。兄长在这里 33 年，先前作为军人驻守，后于 2012 年转业地方。言谈间，无不流露着他对第二故乡的熟悉与热爱，同时也听到了他对老家的牵挂与发展的期待。

这位曾先后服役于海军与陆军，一位听党话跟党走服从命令听指挥的中校，颇受“浔江历史文化”的熏陶，让我另眼相看。他娓娓道来的介绍，将我的思绪带进了“周瑜点将”的历史场景。遥想公瑾，羽扇纶巾，谈笑间，雄姿英发。我们交流有关军人的话题，聊着战争与硝烟，聊着和平年代军人的担当与奉献。车子挨着江堤路缓慢行驶，我近距离聆听关于“九八抗洪”的片段，亦于心中默默地向人民子弟兵致敬！

这之前，谁能想到会在这样一个春日的夜晚，与家乡相隔千里之外的游子一道，仍然说着毫无隔膜的浓浓乡音，于浔阳江畔谈古论今。伴随江水东流的浪涛，和着轻拈慢挑的琵琶弦音，这样一个春江夜晚，必将在我的记忆中，定格成一幅最柔美的水墨。

想到第一次来九江，已时隔 27 年。那是 1991 年夏天暑假，从南京出发，沿长江轮渡而行去庐山。一路上，我兴奋地长时间滞留在客轮的甲板上，恨不能揽长江于怀。深印记忆的画面，宽阔的江，前行的船，翻卷的浪。今晚，来到昔日的九江港码头，说着已渐成历史的轮渡，谈论铁路等交通发展的飞速。感叹时光流逝，数风流，各领风骚！

再次，置身这座有着“七省通衢”“天下眉目之称”的江南文化名城，感受“三水四山二分田，一分道路和庄园”的独特。咀嚼莲花池畔的周公和亭亭生姿的《爱莲说》，还有那最最令我魂牵梦绕的彭泽渊明与他的世外桃源。齿颊生津，如玉温润。

短暂停留，脚步匆匆。江水流，心有栖。这座千年古城，我已相恋太久。

2018.4.16 夜晚于井冈山

后记：真实地活着

关于出版《水木丝语》一事，算是尘埃落定。几个月来，抽空整理陆陆续续写下的片言碎语，一段或一篇，发表过的或未发表过的，就像梳理曾经的过往。当今，玩转自媒体的网络时代，各类美文充斥手屏，微信公众号赛过雨后春笋。身处人人都可以成为“作家”的时代，于我，出版纸质书还是有些纠结的。

未想清楚过，什么样的人就能成为作家。也未曾想，自己与作家会有什么关联。书信时代，写信是自己喜欢的一种交流方式。或许，那时候，冥冥中与文字结下淡淡的情缘。多愁善感，可能更易钟情于文字吧！喧闹中寻求宁静，孤独中塑造强大，唯文字莫属。这，大概也是这些年来工作和日常生活之余，没有放弃阅读码字的根本原因。

一直渴望如莲般地活着。不管世事变迁炎凉冷暖，都认真努力地活着。莲，又称荷，水中之木，亭亭净植，不蔓不枝。我的家乡依河傍海，因水得名。故以为，与水的缘分自然深了一层。自己生于斯长于斯，我的父母亲也是，还有兄弟姐姐们。在这片土地上，我们一道尽情挥洒如雨的汗水，分享着收获的喜悦。深深浅浅的脚印，踩瓷实酸甜苦辣的过往；新一天的太阳，一次次晒干倔犟的泪行。若划掉偶尔去外面世界行走的日子，这里，显然是我人生的全部，尽管它有一些不如人意。从内心说，我喜欢这里的村庄。尤其，喜欢记忆中清清的河水，袅袅的炊烟，四季轮回的树木。看着它们，不禁充满感念。摸一摸，闻一闻，能嗅出父母亲的体温与笑意。

我知道，自己离不开这里。外面世界再精彩，那属于别人。唯有脚踩这片土地，才感觉到踏实，不再悬空无所适从。流年远行，芳华有痕。我爱过的，抑或不再爱的。爱过我的，抑或不再爱的。终将被岁月沉香浸染，吹成片片落花，一同融进生我养我的泥土之中。

数不清，多少个独自待着的夜晚。星星，点缀深邃的夜空；月儿，阴晴圆缺。当然，也有不少时候风声犀利，雨打芭蕉敲窗无眠。回味世间风花雪月，文字乃最长情的心灵伴侣。由懵懂到喜欢，亦有喜欢到互赏。我想，就这样喜欢着吧！如果有一天，不喜欢了，不想码字，也该是正常的。顺其自然，万事不宜强求。写文，做事，相通之理。

码字，很多时候“痛”。撕裂伤口，舔血。脱掉外衣，扒开心肺，赤裸裸的。原本是自己的世界，一旦码字，无意间亦会触碰他人，触碰这个生存的世界。码字，也常常是纠结的。

我的文字里，很多思念是给父母亲的。今生，与二老相伴的缘分已戛然而止。可惜，还有很多恩情没能报答，还有想尽的孝道没能完成。想爱，不能再爱。红尘的遗憾，莫过如此。兄弟姐妹中我排行靠末，对父母亲年轻的岁月知之甚少。此次整理文字，突然感觉有很多愧疚。作为女儿，父母亲活着时候，竟然没有多听听他们的故事，多记录些什么，浪费了很多时光。我想，《我们的父亲母亲》应为下一次码字的续集。

生活，缴完学费的生活，称为代价。代价大小，与成长不一定正比。不识庐山真面目，只缘身在此山中。走过，体会，觉悟。人生就是这样吧！跌跌撞撞的青春，芳华渐远的岁月。你爱的世界，一点点耗尽你的时间，你的体力，你的情感，直至在红尘中老去。你就这样，活在自己编织的梦里梦外,爱着你爱的人,过着简单明了的生活,读着喜欢的书,码着不得不说不吐不快的文字。

阳历七月初始,于响水张集韩家荡天荷源内,与诗人周庆荣夫妇茶聚老风书屋,同坐的还有春梅、小平、美琴等文友,聆听庆荣老师也是我们敬重的周大哥讲文学创作与对家乡文学发展的期望。周大哥知道我的散文集有望出版,表达由衷地支持与鼓励。

回首过往,总有温暖的遇见,令我铭记于心。

春节刚过不久,我将出版文集的想法向领导作了汇报,即得到了县委常委、宣传部长李运连的首肯与祝愿。在书稿前期准备中,军旅作家黄玉东大校从分辑归类、文字修改等多方面,给予很多有益的建议与真诚的帮助。

著名诗人爱斐儿于百忙之中挤出时间,为文集作序。盐城市网络作协主席管国颂老师,也欣然为本集撰写书评。文集付梓中,本书责编梁雪波老师付出宝贵时间与辛勤劳动,从文章的选择、分辑,文字的校对、润色提高等方面,精益求精,直到满意。

这一切,皆是遇见的美丽风景。正因为有你们的关心帮助,文集才得以顺利面世。唯有感谢与感恩。絮絮叨叨,写下这些,算是心情的告白。权且称为后记。不妥之处,还请读者朋友们批评指正。

再次感恩生命中的所有美好遇见!祝福你们,爱你们。

徐莲华　2018 年 7 月